閱读之前 没有真相

午夜文库

劳伦斯·布洛克

雅贼系列

劳伦斯·布洛克 Lawrence Block (1938—)

享誉世界的美国侦探小说大师,当代硬汉派侦探小说最杰出的代表。他的小说不仅在美国备受推崇,还跨越大西洋,征服了自诩为侦探小说故乡的欧洲。

侦探小说界最重要的两个奖项,爱伦·坡奖的终身成就奖和钻石匕首奖均肯定了劳伦斯·布洛克的大师地位。此外,他还曾三获爱伦·坡奖,两获马耳他之鹰奖,四获夏姆斯奖(后两个奖项都是重要的硬汉派侦探小说奖项)。

劳伦斯·布洛克的作品,主要包括四个系列:

马修·斯卡德系列:以一名戒酒无执照的私人侦探为主角;

雅贼系列:以一名中年小偷兼二手书店老板伯尼·罗登巴尔为主角;

伊凡·谭纳系列:以一名朝鲜战争期间遭炮击从此睡不着觉的侦探为主角;

奇波·哈里森系列:以一名肥胖、不离开办公室、自我陶醉的私人侦探为主角。

此外,布洛克还著有杀手约翰·保罗·凯勒系列。

劳伦斯·布洛克生于纽约布法罗,现居纽约,已婚,育有二女。

劳伦斯·布洛克作品年表

1966 《睡不着觉的密探》
1976 《父之罪》《在死亡之中》
1977 《谋杀与创造之时》《别无选择的贼》
1978 《衣柜里的贼》
1979 《喜欢引用吉卜林的贼》获尼禄·沃尔夫奖
1980 《研究斯宾诺莎的贼》
1981 《黑暗之刺》
1982 《八百万种死法》
1983 《像蒙德里安一样作画的贼》
　　　《八百万种死法》获夏姆斯奖
1986 《酒店关门之后》
1987 《酒店关门之后》获马耳他之鹰奖
1989 《刀锋之先》
1990 《到坟场的车票》
　　　《刀锋之先》获夏姆斯奖
1991 《屠宰场之舞》
1992 《行过死荫之地》
　　　《到坟场的车票》获马耳他之鹰奖
　　　《屠宰场之舞》获夏姆斯奖、爱伦·坡奖
1993 《恶魔预知死亡》
1994 《一长串的死者》
　　　《交易泰德·威廉姆斯的贼》
1995 《自以为是鲍嘉的贼》
　　　《一长串的死者》获爱伦·坡奖
1997 《向邪恶追索》《图书馆里的贼》
1998 《每个人都死了》《杀手》
1999 《麦田里的贼》《黑名单》
2001 《死亡的渴望》
2003 《小城》
2004 《伺机下手的贼》
2005 《繁花将尽》
2011 《一滴烈酒》
2013 《数汤匙的贼》

不说告别的贼
The Burglar in Short Order

[美]劳伦斯·布洛克 著
郭朝伟 译

目录

1	前言：雅贼起源
17	贼的一个倒霉的夜晚
28	书店老板罗登巴尔先生，建议他的年轻顾客找份正经工作
35	努力改邪归正的贼
45	像夜贼一样
66	顺便拜访猫王的贼
91	闻到烟味的贼
123	收藏哥白尼的贼
126	贼眼里的贪婪
129	看重地段的贼
132	五本伯尼读过不止一次的书
137	抱怨的贼
141	养猫的贼
163	银幕上的贼
179	贼的未来

前言：雅贼起源

起源问题总是很难断定——好吧，也不总是这样——想想雅典娜，她是雅典的守护神、奥德修斯的伯乐、智慧女神，她的象征是猫头鹰和橄榄树。你也许还能想起她是从父亲宙斯的脑袋里蹦出来的。

这是个很清晰的切入点，对吧？伯尼·罗登巴尔是十一本小说以及这部短篇集中的大英雄，他也是由我身体的某个部分生发而出的，但伯尼不是雅典娜。他在小说世界中更倾向于渗透进来，而不是一下子爆发出来的。

那么，他是怎么出现的呢？

准确来说，他首次登场是在一九七七年四月《埃勒里·奎因神秘杂志》[1]上发表的《贼的一个倒霉的夜晚》。我清楚地

---

[1] 埃勒里·奎因神秘杂志（EQMM），全称为 *Ellery Queen's Mystery Magazine*，一九四一年由著名侦探小说家埃勒里·奎因（Ellery Queen）创办，是历史最悠久的短篇侦探小说杂志，其刊登的短篇故事代表了各个时代侦探小说创作的顶尖水准，迄今仍是最专业、最权威的侦探文学杂志。

记得，前一年九月，我在北卡罗来纳州外滩的罗丹特写了这个故事。当时我每天都在码头上钓鱼，靠渔获为生。（大部分是斑鱼，不过也有些石首鱼和鳎鱼，走运的时候还能碰到鲳鲹。）

不钓鱼的时候，我在写短篇小说，其中就包括关于这个倒霉的贼的故事。其他大部分小说都卖给了阿尔弗雷德·希区柯克的《悬念小说杂志》，不过我的经纪人把这篇寄给了EQMM的弗雷德·丹奈。一九七七年初，在我搬进好莱坞的魔术城堡酒店后不久，我得知这篇小说投稿通过了。这是我第一次给这本杂志投稿，那时我写的东西不多，也卖不出去，所以作品被选中的消息让我十分兴奋。

弗雷德和他的表兄曼弗雷德·李共同创办了《埃勒里·奎因神秘杂志》。作为编辑，他从来没遇到过一个他不想改的标题。他把我的这篇小说以《君子协定》(Gentlemen's Agreement) 的名字出版，这个题目原本已经为人熟知，因为它是劳拉·Z. 霍布森的畅销小说。后来一有机会，我就把它改回了《贼的一个倒霉的夜晚》(A Bad Night for Burglars)。

不过，主角就是伯尼·罗登巴尔吗？

我从未这么称呼过他。他真的不需要姓名，这个故事里不需要他有名字，实际似乎也确实没有。而且很明显，故事的结尾他也没有什么未来。他在系列小说中以英雄的身份回归的可能性也微乎其微。

但是我很清楚他就是伯尼。这样的态度，这样的性格——不然，他还能是谁呢？

就这样，我住在好莱坞富兰克林大道的魔术城堡酒店里，将我的一篇短篇小说出售给了弗雷德·丹奈，然而无论这篇小说有多受欢迎，都不足以帮我偿还债务。我在别的书里写过我所经历的事情，以及在过去的二十年中作为自由撰稿人的我无法胜任任何一项实质性工作的事实。我需要一份工作，却没有勇气去申请。

不过，也不完全是这样。离开罗丹特后，我到南卡罗来纳州的查尔斯顿住了几周，有一天，我在一家鞋匠店铺的窗口收到了一张卡片。鞋匠在招收学徒，我当时十分困惑，想不明白自己怎么能胜任这份工作。三十七岁对于学徒来说已是高龄，虽然我的手指足以应付打字机键盘，但是对于鞋匠工作来说还不够灵活，所以接受一份我不太胜任的工作还是很困难的。

那个鞋匠打算雇我，但是他需要一个长工，我那时计划大概在月底离开查尔斯顿。原本我可以工作几周，赚点饭钱，但是我不忍心让那个男人失望。他说他很欣赏我的诚实，并且觉得我有成为一名出色鞋匠的潜质。在后来艰难又沮丧的几个月里，我曾思考过自己是否错过了这个一辈子可能只有一次的机会。

我接着四处漂泊,并一直尝试着写点什么。当时我住在阿拉巴马州莫比尔市郊外的一家汽车旅馆里,正在写马修·斯卡德①小说的第一章。书中,在阿姆斯特朗警局里,斯卡德的办公桌旁出现了一个愚蠢的家伙,几年前斯卡德就曾以入室盗窃的罪名逮捕过他,然而这个男人并没有吸取教训。现在警察正在因为他并未犯下的杀人罪而追捕他,他一边逃亡一边希望斯卡德能证明他的清白。

不过,这些只是故事背景,这个故事也没再继续下去。我只写了一二十页,然后就这样结束了。这种情况并不是第一次发生,也不会是最后一次。有些构思最终会变成作品,而更多的则会被填进垃圾堆。

但是那早已被丢在一边、被遗忘的几页,为我留下了一个尚未成形的角色的名字。

回到魔术城堡酒店,我什么都写不出来,也什么都卖不出去,还错过了做修鞋匠的机会,我到底能做些什么工作来糊口?

我之前写过那个和我对话的小声音。它对我说:"不要把犯罪排除在外。"

---

① 马修·斯卡德(Matthew Scudder),劳伦斯·布洛克的马修系列小说主人公。该系列主要作品有《父之罪》《八百万种死法》等。

犯罪？

"犯罪不需要简历，"它说道，"也不需要工作经验。通常招聘广告上都写着'需要工作经验'对吧？不过，走进一家酒店，用枪指着店员，他可不会问你之前有没有经验。"

但我不想用枪指着任何人，也肯定不希望任何人拿着该死的枪指着我。暴力？仅仅是暴力威胁？不，我不这么想。

"盗窃，"小声音继续说道，"实际上，这和写作很像。你能尽一切可能避免与人接触，还可以自己定时间。如果你愿意，可以在晚上工作。"

它还说了其他关于盗窃的"工作特点"。

我还真想过。是认真的吗？也很难说。我确实试过用一张没用的信用卡来撬开自己酒店房间的门，但我从没在别人的房门上用过这种伎俩。所以我认为这个想法不单单是幻想，而且是一种危险的幻想。

而且，谁又知道这会导致些什么呢？

我所知道的是，这个想法确实引发了我和小声音的这场对话：

"等等，假如我被抓住了呢？"

"所以缺乏经验也是一种财富。作为初犯，你可能会获得缓刑。即便是最糟糕的情况，也会被轻判。"

"被轻判，我？"

"那能有多糟糕呢？他们必须得养活你，你还不用担心房租的问题。"

"我想不至于那么严重吧,而且——等一下。假设我闯进了别人家里,警察来了,我正准备悄悄地溜走,然后——"

"然后?"

"然后另一个房间里躺着一具尸体。这并不是我干的,但是——"

"那可就麻烦了。"小声音说道。

麻烦?麻烦?

真让你说准了。

这也许能写成一本小说。

没错,就是这样。我坐下来写了几个章节和一个非常粗略的大纲。当我一边校对一边思考故事的标题时,我看到了自己曾经为故事叙述者的旁白写过的一句话。别无选择的贼,他心想着。这就是我的题目了。我把文章打包寄给我的经纪人,他直接寄给了兰登书屋的传奇侦探小说编辑李·怀特[①]。值得一提的是,她几乎立刻就买下了我的作品。一整个夏天

[①] 李·怀特(Lee Wright,1904—1986),曾在西蒙与舒斯特和兰登书屋担任侦探小说编辑,出版过艾拉·莱文等作者的书。

我都在写作,初秋时,我在南卡罗来纳州的格林维尔完成了这本书的创作。

当初我开始写作的时候,我的主人公一直令我感到惊讶。我最不希望看到的就是喜剧。我曾经想象过自己在这种糟糕的情况下,入室盗窃被抓,却被指控犯有杀人罪,我完全不觉得这件事有什么好笑的。但是这位名叫伯尼·罗登巴尔的人,虽然意识到了自己糟糕的处境,却依然能苦中作乐。

我想,这过于幽默了。我必须改变它。

"别,你个笨蛋,"那个小声音说道,"别管它。"

你确定?

"当然,就让伯尼做他自己。"

伯尼。

伯尼·罗登巴尔。

这个名字又是怎么来的呢?

老实说,我也不是很清楚。我有一个远房兄弟,他姓罗登伯格,我一直很喜欢这个姓的读音,但我更喜欢在我捉弄他、叫他罗登巴尔时他的表情。这个名字并不是诞生在魔术城堡酒店里的,而是在莫尔比市郊外的汽车旅店里。

没错,说回阿拉巴马州,就是在那里时我开始尝试写一部斯卡德小说。那个家伙就坐在马特①办公桌的对面,他的名字就叫伯尼——而且他还有姓——罗登巴尔。

当我开始写《别无选择的贼》时,我几乎快要忘记他了。但很明显,我不仅记得他的名字,还把这个名字给了这个新的家伙。这个家伙在语气、态度和世界观上和《贼的一个倒霉的夜晚》里的那个可怜人一点都不像。我再补充一句,这个人——除了名字和职业以外——与阿拉巴马州的那个笨蛋毫无共通之处。

如果说《贼的一个倒霉的夜晚》是伯尼的出道之作——尽管他没有名字,如果中途流产的斯卡德小说里给了他名字,那么《别无选择的贼》就将主人公和名字确定了下来。我把那张信用卡放回了钱包,没过多久,我就可以再次用到它了,但还是它最原本的用途——用来打开隐喻的而并非字面意义上的门。

所以,可以说伯尼·罗登巴尔拯救了我差点走向犯罪的人生。

如果说我的新生活就此开始了,那么伯尼也是。一九七七年,《别无选择的贼》(*Burglars Can't Be Choosers*)出版,

---

①指马修·斯卡德。

紧接着是一九七八年出版的《衣柜里的贼》(*The Burglar in the Closet*)和一九七九年的《喜欢引用吉卜林的贼》(*The Burglar Who Liked to Quote Kipling*)。

正是在这个系列的第三本《喜欢引用吉卜林的贼》中，伯尼真正站稳了脚跟。在这本书里，他收获了生命里的两大要素——一个是巴尼嘉书店，一家位于东十一街的二手书店（如果你愿意，也可以说是一家古董书店）；另一个是在书店东边两个铺面的卡洛琳·凯瑟，她在"贵宾狗工厂"里给狗狗洗澡，还在"乔木小院"里收养着猫。并且毫无疑问，她是伯尼一辈子最好的朋友。

本书中有两篇文章源自《喜欢引用吉卜林的贼》。一位特拉华州有名的书商很喜欢这本书的第一章，书里伯尼揭穿了一个在书店顺手牵羊的贼。这个章节在一九八〇年独立出版发行并印刷了二百五十份，上面还印有"橡树丘书屋"的标记。现在这可是非常有价值的收藏品，价格不菲。因此，以当时独立出版的标题将这篇短篇收录在了此书中：书店老板罗登巴尔先生，建议他的年轻顾客找份正经工作。

四十年后，一年一度的布彻大会[①]的组织者们在策划一部

[①]布彻大会，即世界侦探小说迷大会，是世界最大的、最具影响力的侦探小说迷盛会。与会者选出安东尼奖（Anthony Awards）的提名者和获奖者，奖项以安东尼·布彻命名。

以佛罗里达为背景的犯罪故事选集,因为二〇一八年的大会将在圣彼得堡举行(佛罗里达的圣彼得堡,不是俄罗斯!)。格雷格·赫伦被委托为这本书的编辑,三室出版社负责出版发行,布彻大会的官方工作人员艾琳·米切尔来问我是否能提供一篇关于佛罗里达的故事。

没错,我那段时间确实创作了一部背景设定在佛罗里达的小说,叫作《深蓝眼睛的女孩》。但如果是短篇小说的话,我还真想不起来。艾琳是想选《喜欢引用吉卜林的贼》的第二章,其中提到了佛罗里达,尽管并不涉及某部分情节。我同意了,我们决定给故事取名为《努力改邪归正的贼》。

这部故事集《佛罗里达之事》获得了安东尼奖——但是我唯一可以一提的,只有我提供的故事没有令人反感到破坏整个项目。我之所以把它收录进来,好吧,是因为它被单独发表了……

但这里我可能提前透露了一些事情。

二十世纪七十年代末,原本属于《纽约杂志》中的某个栏目,逐渐被打造为一本针对精英女性的杂志《精明》(*Savvy*)。他们的编辑中至少有一位是我的粉丝,并且认为我可以为他们写一个故事,尽管他们从未出版过任何小说。编辑的办公室位于切尔西第九大道的港务局大楼内,后来这里成了谷歌的纽约总部。夜班的工作让他们担心，在其他人都离开之后，这个地方会变得很恐怖。是否会有故事隐藏在那些令人不安的大厅里？我能不能将它挖掘出来并写成故事？

我可以，并且也做到了。你会看到一个以第三人称叙述的故事，伯尼不是叙述者，但在故事里扮演着重要的配角。《精明》杂志对这个故事很满意，并且为它支付了费用，之后我一直在等待故事的出版。我被告知它已经被排进档期，然后又被推迟了，接着又是重新安排，然后再次推迟。问题是，《精明》实际上并不是出版小说的杂志，最后编辑们也终于意识到了这一点，并同意我自由地将这个故事发表在其他刊物上。

各种资料都显示《像夜贼一样》发表在一九八三年五月的《大都会》杂志上。但我一直没能证实这一点。我并不认为这个故事曾在任何一本杂志上出现过。

不要紧。它现在出现在这本书里了，已经被收录进我的短篇集和其他几部作品集里。

《精明》杂志最终在一九九一年无力再运营下去。在美国和其他一些地方，有几个不相关的刊物也使用过这个名字。但他们都没有发表过这篇小说……

下一篇伯尼·罗登巴尔的短篇小说《顺便拜访猫王的贼》，

是一九八九年我在弗吉尼亚创意艺术中心①驻地写作期间创作的。那里是作家和艺术家的基地，我预定了在那里待上一段时间，用来写马修·斯卡德的小说。我想写一个绝妙的结局，但又不确定它到底应该什么样。我花了十天时间，消耗了大概二百页纸，然后才明白都是徒劳。我把它放在一边，仔细思考如何利用在VCCA剩下的时间。如果你手头有工作要完成，创作者基地是个很棒的地方。

所以我开始写短篇小说，效果非常好；我不断地产生新的灵感，并且高效地完成了它们。我将其中一篇故事《给士兵的答复》出售给了《花花公子》，故事里引入了一个新的角色凯勒，后来我又继续创作了六本关于这个角色的书。《花花公子》还抢购了《顺便拜访猫王的贼》，并于一九九〇年四月将它发表。

正如你所见，《闻到烟味的贼》是联合署名——由林恩·伍德·布洛克②和劳伦斯·布洛克共同创作。我应邀为一本合写的故事集创作，他们邀请了著名作家和对于他们重要的人共同写作。我向林恩提到了这件事，并告诉她如果她可以想出一个完整的故事线，那么我就可以完成故事的主体内容。

---

①弗吉尼亚创意艺术中心（Virginia Center for the Creative Arts），简称VCCA。
②林恩·伍德·布洛克，劳伦斯·布洛克的妻子。

她正在思考此事的时候，我们去了康涅狄格州的奥托·彭兹勒家里进行周末拜访。他那时刚建成一个非常漂亮的房子，里面有个很气派的图书馆，奥托特意用来收藏他最爱的侦探小说。

在返程的火车上，林恩提出了她关于故事的想法，还有一个原创的密室谋杀案。我完成了故事的写作，任务并不是很重。马蒂·格林伯格将这个故事收录进了他的故事集，我将故事的杂志版权出售给了出色但短命的《玛丽·希金斯·克拉克神秘杂志》，它发表于一九九七年的夏秋季刊上。

接下来是五篇偶然创作出来的短篇小说，也就是说，它们是在某些场合或者某些情况下为某个出版刊物创作的短篇。《收藏哥白尼的贼》于二〇〇〇年发表于《芝加哥论坛报》上。《贼眼里的贪婪》是《纽约新闻日报》在二〇〇二年委托我创作的，后来又作为限量版发行了一次。《看重地段的贼》发表在《纽约每日新闻》上，但我不确定具体的发表日期。《五本伯尼读过不止一次的书》被收录进了二〇一三年十一月的《犯罪狂欢》，而《抱怨的贼》是按照欧洲出版商的要求为《三十八小时》创作的，它是一本纽约游客指南。

即使通过在本书中结集出版，这些短篇小说留下了稀薄的影子，我依然不知道它们中有没有一篇是值得被永久收藏的。我必须承认,这些故事写起来非常容易;采访伯尼,并让他絮絮叨叨来推进情节的方法对我来说非常省事。我们也要认识到,它们命数不长,就像是阳光照射时便会消散的薄雾。

另一方面(一般不是总会说另一方面吗?),伯尼确实拥有一批粉丝,他们的热情弥补了人数上的不足。他们似乎对更多的内容有着难以抑制的渴望——更多的小说,更多的故事,更多的伯尼。

因此,我决定把它们都收录进来,这会使本书增加几千字,虽然这可能会增加几美分的生产成本,但是零售价格不会上涨。它不会让你多花一分钱。

就这些了吗?

也不完全是。

正如前文提到的,直到第三部小说《喜欢引用吉卜林的贼》中卡洛琳·凯瑟和巴尼嘉书店出现时,伯尼的世界才有了真正明确的定义。当然,他的世界还始终存在其他的人物:雷·基希曼,金钱可以收买的最好的警察,从一开始与伯尼就是亦敌亦友的关系。

但是直到第六本《交易泰得·威廉姆斯的贼》时,他(还有我们)才认识了那只名叫拉菲兹的猫。

也是时候了。

几年前，美国侦探作家协会曾面临一个公认的问题：当涉及评论和认可度时，写实的和冷硬的小说往往比风格温和轻快的小说（通常被称作"舒适推理"）更具有优势。有人建议将埃德加·爱伦·坡奖[①]分成两个奖项，颁给两种情绪风格的作品。（或者一个叫埃德加，一个叫爱伦？无所谓了。）

这个想法有很多漏洞，但是也许反驳它最有力的依据是，你必须要明确界定到底什么是冷硬的，什么又是舒适轻快的，而这中间的灰色地带范围很大。有人提出需要一个具体的风格测试，我向《神秘现场》提出了我的想法。

我建议将书分为两种类型：有猫的和没有猫的。只要没有猫，那么你的书就是风格冷硬的——无论它有多么温柔治愈。一旦书里出现了一只猫，那你就创作出了一本舒适轻快的书，即使这个生物最终变成了地狱里的怪物。

但我温柔的、软心肠的英雄，伯尼，没有自己的猫。

哦，书里是有猫的。卡洛琳曾经有（现在也是）两只猫，一只叫阿齐，是以阿奇·古德温命名的，另一只叫尤比，名字是直接起的。

《养猫的贼》是从《交易泰得·威廉姆斯的贼》中摘录的，这本书将拉菲兹介绍给了伯尼，同时也介绍给了我们。当许多读者来问我拉菲兹第一次出现是在哪本书、想重温此情节

[①] 埃德加·爱伦·坡奖，美国最具权威的侦探小说奖项。该奖由美国侦探作家协会（MWA）创立于一九四六年。获奖作品由 MWA 指定成员组成的委员会裁定。

时，我决定以电子书的形式出版这个故事。现在依然在售，还有很多读者下载——所以我也收录了这篇。

不久前，史蒂芬·杰·施瓦茨邀请我为《好莱坞和作者》创作一篇文章。乌比·戈德堡饰演的伯尼·罗登巴尔已经成为好莱坞的一个传奇，我很高兴能有机会在书中讨论这个话题。

这本书会是一部非常出色的合集，作者邀请了许多小说家和剧作家，每个人都会讲一个他们的故事。詹姆斯·布朗、马克思·艾伦·柯林斯、迈克尔·康纳利、约书亚·科恩、苔丝·格里森、李·戈德伯格、戴安娜·古尔德、平原直美、格雷格·赫维兹、艾伦·雅各布森、彼得·詹姆斯、安德鲁·卡普兰、乔纳森·凯勒曼、T.杰弗森·帕克、罗伯·罗伯奇、史蒂芬·杰·施瓦茨、亚力山卓·苏可洛芙……可想而知，我有多开心能和他们出现在同一部作品里。

都在这里了。

但还不完整。还有一篇《贼的未来》是专门为这本书创作的。你可以在书的最后找到它。

贼的一个倒霉的夜晚

这名窃贼，是一个纤瘦的、外表整洁的年轻人，刚过三十岁。当他正在抽屉里翻找东西时，阿切尔·特拉比松轻声走进卧室。特拉比松轻手轻脚地靠近，好像他才是窃贼一样，当然他并不是。窃贼根本没听到特拉比松的声音，他正全神贯注地翻着抽屉，当他终于感觉到有人存在的时候，他的反应就像森林里被捕食者惊扰的猎物。

要我说，这个比喻绝不是个巧合。

当窃贼看向特拉比松时，他的心脏颤了一下，接着又是一下，先是因为自己偷东西被撞见，然后是因为他看到了特拉比松手里闪着光的左轮手枪。左轮手枪枪口正对着自己，这让窃贼感到不安。

"该死，"他含糊地说道，"我以为这家没人。我打了电话，还按了门铃——"

"我刚回来。"

"真倒霉，整个星期都是。星期二下午我撞坏了一辆车的保险杠,前天晚上我掀翻了鱼缸,地毯上的残局简直让人难以置信,我还失去了一对已经交配过的口育鱼,这种鱼非常稀少,甚至都还没有拉丁名。我都不想提我花了多少钱买的它们。"

"是挺倒霉的。"特拉比松说道。

"还有昨天,我本来正吃着意大利面,结果咬到了嘴。你知道这是什么感觉吗?痛极了,还有最糟糕的,你会觉得自己特别蠢。而且因为伤口愈合的过程中嘴会肿起来,你还会一次又一次地再咬到那个地方。反正我是这样的。"窃贼吸了口气,用出了汗的手擦了擦出着汗的额头。"现在又碰见了你。"他说。

"这可比撞坏保险杠和打翻鱼缸更糟糕。"特拉比松说。

"我还不知道吗。知道我该怎么办吗?我就应该一整个星期都躺在床上。我认识一个专偷保险柜的人,他每干一票之前都会找占星师占卜。如果木星的位置不对,或者火星和天王星呈正方形,他就不会行动。听起来很可笑,对吧?但是那个人八年没进过监狱了。你还听说过有谁八年都没被逮到过吗?"

"我就从没被逮到过。"特拉比松说道。

"嗯,那是因为你不是窃贼。"

"我是商人。"

窃贼想到了什么,但没说出口。"我要找到那个人的占卜师，"他说，"只要我能从这里出去，我就会去找他。"

"如果你能从这里出去，"特拉比松说，"活着出去。"

窃贼的下巴微微颤抖。特拉比松微笑着，在窃贼看来，特拉比松的笑好像让左轮手枪的枪口更大了。

"我希望你能把那个东西指向别的地方。"他紧张地说。

"我没有其他想用手枪指着的地方。"

"你不会想开枪打我的。"

"哦？"

"你不会想招来警察，"窃贼接着说道，"真没必要这样。我相信咱们两个文明人能达成文明的协议。我身上有钱。我是个大方的人，我愿意为你最爱的慈善机构做些贡献，不管是什么。咱们不需要警察来干涉绅士之间的私人事务。"

窃贼小心观察着特拉比松。这些话之前在其他人面前都能奏效，特别是那些有钱人。但是现在他很难判断，这次能否行得通，如果能奏效的话，又能有多少效果。"无论如何，"他有点无力地结束道，"你肯定不想开枪打我。"

"为什么呢？"

"首先，血会溅到地毯上。会弄得一团糟，对吧？你妻子不会高兴。你可以问问她，她会告诉你开枪打我是个糟糕的想法。"

"她现在不在家。她出门了，还有一个小时左右才回来。"

"不管怎么说，你要考虑考虑她会怎么想。而且开枪打人是违法的,更不用说这也是不道德的。"

"不违法。"特拉比松说道。

"什么?"

"你是小偷,"特拉比松提醒他道,"非法侵犯了我的财产;入室盗窃,侵犯了我家的尊严。我可以在这里开枪打你,而且不会受到惩罚。"

"当然你可以出于正当防卫一枪打死我——"

"你是在拍《袖珍照相机》[①]吗?"

"没有,不过——"

"那是艾伦·芬特[②]藏在暗处吗?"

"不是,但我——"

"你后面的口袋里。那个金属的东西,是什么?"

"就是一个撬棍。"

"拿出来,"特拉比松说道,"把那个东西交出来。我之前见过这种武器。我可以说你用它来攻击我,而我是出于正当防卫开的枪。可是你会因为已经死了而不能说话,警察会相信谁呢?"

窃贼什么也没说。特拉比松露出了满意的笑容,然后把撬棍放进了自己的口袋。这是一块形状很好的钢材,重量也

[①]《袖珍照相机》一档美国节目,偷拍那些不知情的参与者,对他们进行恶作剧。这里特拉比松怀疑小偷在偷拍他。
[②]艾伦·芬特(Allen Funt, 1914—1999),演员、导演、编剧、剪辑、制作人,《袖珍照相机》的主持人。

合适。特拉比松很满意。

"你为什么要杀我?"

"也许因为我从没杀过人,所以想满足自己的好奇心。或者,也许我在战争时就很喜欢杀人,而且一直希望有机会再试一次。还有很多可能。"

"但是——"

"关键在于,"特拉比松说,"如果是以那种方式,你可能对我还有点用。但像现在这样,你对我来说毫无用处。别再提什么我最爱的慈善机构或者其他委婉的说法。我不需要你的钱。看看周围,我已经足够有钱了,这很明显吧。如果我很穷,你也不会闯进我家。不过,你到底想偷多少钱?几百美元?"

"五百美元。"窃贼说。

"小意思。"

"我想也是,你家里还有更多的钱,但你应该也会说是小意思,对吧?"

"当然。"特拉比松换了一只手拿枪。"我跟你说过我是个商人,"他说着,"现在如果有其他的办法,能让你活着比死掉对我来说更有用——"

"你是个商人,而我是个贼。"窃贼说着,眼睛变亮了。

"没错。"

"那我可以为你偷东西。名画?还是竞争对手的商业机密？事实上，我很擅长我所做的事情，尽管你看到我今晚的表现可能会不太相信。我并不是说我能把《蒙娜丽莎》从卢浮宫里偷走，但是我很擅长一些寻常的秘密盗窃。只要给我一个任务，我就会展示出我的本领。"

"嗯。"阿切尔·特拉比松说道。

"告诉我，我就去偷。"

"嗯……"

"车、貂皮大衣、钻石手镯、波斯地毯、初版书、无记名债券、犯罪证明、一卷十八分半的录音带——"

"最后一个是什么？"

"只是我的一个玩笑，"窃贼说道，"硬币收藏集、邮票集、精神病病例、留声机唱片、警局记录——"

"我听明白了。"

"我紧张的时候就会啰里吧嗦。"

"我发现了。"

"如果你能把那个东西指向别处——"

特拉比松看着手里的枪。枪口依然对准着窃贼。

"不，"特拉比松说道，带着明显的悲伤，"恐怕不行。"

"为什么不行？"

"首先，我没什么真正需要或者想要的。你能帮我偷来女人的心吗？很难吧。其次，也是最主要的，我怎么能相信你？"

"你可以相信我，"窃贼说道，"我保证。"

"这正是问题所在。我要相信你自称说的是真话,那这会导致什么呢?恐怕我会陷入被动的局面。那不行,一旦我让你从家里走出去,我就没有了主动权。即使我拿枪对着你,一旦你到了户外,我就不能毫无顾忌地开枪了。所以,我恐怕——"

"不!"

特拉比松耸了耸肩。"那好吧,"他说,"你还能有什么用处?除了被杀掉之外,你还能干什么?除了偷东西你还会做些别的吗?"

"我会做汽车牌照。"

"这很难算是个有用的技能。"

"我知道,"窃贼沮丧地说,"我常常在想这个国家为什么要让我学会这么一个没用的生意。甚至没有什么对仿造车牌的需求,他们垄断了车牌的合法制造。那我还能做什么呢?我必须得会做点什么。可以帮你把鞋擦得锃亮,或者给你的车抛光——"

"你不偷东西的时候都在做什么?"

"闲逛,"窃贼说,"和女士们约会。喂喂我的鱼,它们那会儿还没跑到我的地毯上。在我还没撞坏保险杠的时候,我也会开开车。下几盘棋,喝几罐啤酒,给自己做个三明治——"

"你擅长吗?"

"做三明治吗？"

"下棋。"

"不算差。"

"我是认真的。"

"我相信你是认真的，"窃贼说，"如果你想知道的话，我不是个普通玩家。我知道怎么开局，也很会辨析棋局。我没耐心参加锦标赛，但是在市中心的国际象棋俱乐部里，我胜多负少。"

"你常去市中心的俱乐部下棋？"

"当然。你想想，我又不能一周七天每天都溜门撬锁。这种压力谁能受得了？"

"那你对我有用了。"特拉比松说。

"你想学下棋？"

"我知道怎么下棋。我想让你陪我下棋，边下棋边等我妻子回家。我太无聊了，家里没什么书可读，我也从不喜欢看电视，对我来说，找个水平相当的棋友也不容易。"

"那我陪你下棋，你就会放了我？"

"没错。"

"我们说清楚点，"窃贼说，"你不会坑我吧？我希望自己不会因为输掉比赛就被一枪打死。"

"当然不会。国际象棋可不是个耍花招的游戏。"

"非常赞同。"窃贼说。他长叹了一口气。"如果我不会下棋，"他说，"你也不会杀我的，对吗？"

"这是个值得思考的问题。"

"确实。"窃贼说道。

他们在客厅下棋。窃贼执白，先手开局的是国王，是一个比较富有想象力的西班牙开局①。走到第十六步时，特拉比松强行交换了骑士和车，不久后窃贼认输。

第二局比赛，窃贼执黑，并采用了西西里防御②策略。他用到了特拉比松不熟悉的一种变体。比赛一直势均力敌，直到窃贼成功走出了一步通路兵。当他可以很明显地变兵为皇后时，特拉比松放倒了他的国王，认输了。

"精彩的比赛。"窃贼说道。

"你的棋艺不错。"

"谢谢。"

"很可惜——"

他的声音渐渐小了。窃贼用询问的目光看着他。"你原本想说，我当个小偷真是可惜了，是吗？"

"算了，"特拉比松说道，"没关系。"

---

①西班牙开局，国际象棋的一种开局下法，着法为：1.e4 e5 2.Nf3 Nc6 3.Bb5。这种开局又被称为"路易·洛佩兹开局（Ruy Lopez Opening）"。
②西西里防御，国际象棋的一种开局，着法为：1. e4 c5。它属于国际象棋半开放性开局，由黑方走出。

他们接着摆好棋准备开始第三局比赛，这时一把钥匙插进了锁孔，锁转动了一下，门开了。梅丽莎·特拉比松穿过玄关，来到了客厅。他们俩都站了起来。特拉比松太太走上前，脸上带着空洞的微笑。"你找到新朋友陪你下棋了，"她说道，"真为你开心。"

特拉比松咬着牙。从他的后兜里掏出了窃贼的撬棍，它比想象中的重。"梅丽莎，"他说，"我没必要浪费时间来细数你的罪行，你非常清楚这是你应得的。"

她盯着特拉比松，显然完全没弄明白他在说什么。接着阿切尔·特拉比松拿着撬棍用力地击中了她的头顶。第一下把她打得跪在了地上。很快，他又用力打了她三次，然后转身看向窃贼。

"你把她杀了。"窃贼说。

"胡说。"特拉比松一边说着，一边再次从口袋里掏出了他那把锃亮的左轮手枪。

"她死了吗？"

"我希望，也祈祷她死了，"特拉比松回答道，"但不是我杀的。是你。"

"我没懂。"

"警察会理解的。"特拉比松说道，然后一枪击中了窃贼的肩膀。接着他又开了一枪，这次更令人满意，窃贼倒下了，心脏被打出了一个洞。

特拉比松将棋子收进盒子，收好棋盘，然后开始制造现场。他抑制住了想要吹口哨的冲动。他对自己的决定非常满意。对于善于就地取材的人来说，没有任何东西是完全没用的。如果命运给了你一个柠檬，那就用它做柠檬水。

书店老板罗登巴尔先生,建议他的年轻顾客找份正经工作

我猜他大概有二十出头,真实年龄很难确定,因为从他的脸上看不出什么线索。红棕色的胡须从眼睛下方开始遍布全脸,眼睛则藏在角质镜框厚厚的镜片后面。他身穿一件敞开的卡其色军装衬衫,里面是一件今年流行的啤酒品牌用来做宣传的 T 恤——这个南达科塔州的牌子宣称他们的酒是用有机水酿造的。他还穿着一条棕色的灯芯绒裤子,运动鞋是蓝色的,上面带着一道金色的条纹。他用那双指甲修剪得不齐的手,一只手拎着一个布兰尼夫航空公司的飞行包,另一只手里拿着一本人人文库出版的《威廉·柯珀诗集》。

他把书放在收音机旁,手伸进口袋,从里面掏出了两枚二十五美分的硬币,放在书的旁边。

"哦,可怜的柯珀。"我一边说着,一边拿起了那本书。书的封皮不太结实,这也是我把它放在特价书小桌子上的原因。"我最喜欢的一篇是《退休的猫》,我很确定就是这本书

里的。"当我翻看目录的时候，他正不停地在两只脚间转移重心。"找到了。第一百五十页，你知道这首诗吗？"

"不太知道。"

"你会喜欢的。特价书四十美分一本，三本一美元，三本会更划算一些。你只要这一本吗？"

"是的。"他把两个二十五美分的硬币又往前推了推。"只要这一本。"

"好吧。"我说道。我看着他的脸。我只能看到他的眉毛，看上去波澜不惊。看来我有必要把话挑明了。"柯珀的书四十美分一本，三美分给奥尔巴尼州的州长，这可不能忘了，我看看一共多少钱？"我俯身在柜台上，冲他笑了笑，露出了我洁白的牙齿，"一共三十二块七。"我说。

"什么？"

"那本拜伦的书，扉页是大理石纹，我记得标价是十五块。华莱士·史蒂文的那本是初版，给你算便宜点，十二块。还有你拿走的那本小说，只要三块左右，我猜你只是想读一读，因为你拿它也赚不到什么钱。"

"我不知道你在说什么。"

我从柜台后面走了出来，站在和他隔着一道门的位置。他看起来并不像是想要逃跑，但他穿着运动鞋。谁说得准呢，贼的心思可是很难摸透的。

"在那个飞行包里，"我说，"我想你应该会为你拿走的东西付钱。"

"这个?"他低头看着飞行包,好像这才惊讶地发现包竟然在自己的手里。"这些只是我的健身用品,一些……运动袜、毛巾之类的。"

"恐怕你得打开它看看。"

他的额头开始冒汗了,但他还在努力强忍着。"你不能强迫我,"他说,"你没有这个权利。"

"我可以报警。警察也不能强迫你打开你的包,但是他们可以把你带回警局,记下你的案底,然后他们就可以打开你的包了。你真的想这样吗?把包打开。"

他打开了那个包。里面装着运动袜、毛巾、一条柠檬黄色的健身短裤,以及我提到的三本书,还有一本干净整洁的斯坦贝克的初版《啼笑姻缘路》,连防尘袋都在。书的标价是十七块五,看起来有点贵。

"那本书不是从这里拿的。"他说。

"你有买书的发票吗?"

"没有,但是——"

我草草写了几笔,然后又冲他笑了笑。"这些一共就算五十块吧,"我说道,"把它也算上。"

"你要收我这本斯坦贝克的钱?"

"对呀。"

"但是我进来的时候就拿着它。"

"五十块。"我说。

"听着,我不想买这些书。"他翻了个白眼。"天哪,真是的,我为什么要来这个鬼地方?你听好了,我不想惹任何麻烦。"

"我也不想。"

"我根本就不想买任何东西。听着,这些书给你,连同斯坦贝克的书,都他妈给你。让我离开这儿,可以吗?"

"我觉得你应该买走这些书。"

"我没钱。我只有五十美分。给,这五十美分也给你,可以了吧?短裤、毛巾还有袜子,都归你了,行吗?放我离开这个该死的地方,可以吗?"

"你一分钱都没有?"

"没有,只有五十美分。给你看——"

"给我看看你的钱包。"

"你到底在……我没有钱包。"

"裤子后面。拿出来交给我。"

"真是不可置信。"

我打了个响指。"钱包。"

这是个相当不错的黑色牛皮钱包,里面装满了钞票和一个卷起来的安全套,这勾起了我年轻时的记忆。钱包里有将近一百美元。我数出了几张十块和几张五块,总共五十,把剩下的钱放了回去,然后把钱包还给了他。

"那是我的钱。"他说。

"你刚刚用你的钱买了书,"我告诉他,"需要发票吗?"

"我一点都不想要那些书,该死。"他那厚重的镜框后面的眼睛泪汪汪的。"我该拿这些书怎么办?"

"我猜你不打算读。你原本打算拿这些书干什么呢?"

他低着头,看着他的运动鞋。"我本来想拿它们去卖掉。"

"卖给谁?"

"我也没想好,也许卖给某个店铺。"

"你打算卖多少钱?"

"我不知道,十五、二十块吧。"

"那你最后只能赚十块。"

"我想是吧。"

"好吧,"我说着,从我手里抽出了一张原本属于他的十元钞票,塞到了他的手里。"卖给我吧。"

"什么?"

"省得你再到处找店铺卖书了。我可以充分利用这些书,正好我在经营这些东西,为什么不从我这里赚十美元呢?"

"这太疯狂了。"他说道。

"你是想要书,还是想要钱?你自己决定。"

"我不想要这些书。"

"那你要钱吗?"

"我想是吧。"

我从他手中接过书，堆在了柜台上。"把钱放进钱包吧，"我说，"别弄丢了。"

"这真是太疯狂了。你收了我五十块，让我买了一堆我不想要的书，现在你又还给我十块。老天爷，我损失了四十块。"

"好吧，谁让你高价买低价卖呢。大多数人可都是和你相反的。"

"我才是那个该报警的人。我被抢了钱。"

我把他的健身装备放进了飞行包，拉上拉链，递给了他。然后用食指戳了一下他那毛茸茸的下巴。

"给你个建议。"我说。

"什么？"

"别再干这一行了。"

他看向我。

"找份正经的工作。别再小偷小摸的了，你不太擅长这件事，恐怕也适应不了这种生活。你还在上大学吗？"

"我辍学了。"

"为什么？"

"上学不适合我。"

"很少有事情是完全适合自己的，你为什么不考虑回去上学呢？拿个学位，找一份适合你的职业，你不适合做职业窃贼。"

"职业——"他又翻了个白眼。"天哪，我就偷了几本书而已，别说得好像我会一辈子都拿它当职业，好吗？"

"任何偷了东西再转手卖出去的人都是职业窃贼，"我告诉他，"只是你做得不太专业而已。但我是认真的。别再干这一行了。"我轻轻握住他的手腕。"别误会，"我说，"我的意思是，你太蠢了，不适合干这行。"

努力改邪归正的贼

那个年轻人离开后，我把他的四十块放进了我的钱包，然后它们立刻就变成了我的四十块。我把斯坦贝克的书降价到十五块，然后放回书架上。其间我还发现了几本被放错地方的书，我把它们又放回了原来的地方。

店里的顾客来来往往。特价书摊上的书卖掉了一些，其中有一本精装版维吉尔的《牧歌集》（书还带着盒子，盒子被水浸湿了，书脊略有磨损，标价八块五）。买这本书的女人身材魁梧，有一头橙色卷发，看上去疲惫不堪。我之前见过她，但这是她第一次在我这里买书，我想她的境遇正在好转。

我目送她拿着维吉尔离开，然后坐在柜台里面，拿起了一本格洛赛特和邓洛普[①]再版的《三个士兵》。最近我一直在阅读我那有限的吉卜林作品的存书。其中一些书我很多年前就读过了，但我现在正在看的《三个士兵》是我第一次读，

[①] 格洛赛特和邓洛普出版社（Grosset & Dunlap），位于纽约市，成立于一八九八年，现属于企鹅出版集团。

我正沉浸在书里奥色里斯、利罗伊德和马尔瓦尼的相遇。就在这时，店铺门口的铃铛响了，来客了。

我抬头看到一个身穿蓝色制服的男人正笨拙地穿过走廊朝我走来。他长着一张很宽、很大、很诚实的脸，但是我的新行当教会我不要用书的封面来判断内容，也不要以貌取人。这位客人是雷·基希曼，用钱能买通的最好的警察，花钱甚至可以买下他整整一周的时间。

"嘿，伯尼，"他说着，把手肘撑在柜台上，"最近都读了些什么好书？"

"你好啊，雷。"

"正看什么呢？"我拿给他看了看。"垃圾，"他说道，"一整个店铺的书，你应该挑点像样的来读。"

"什么算像样的？"

"哦，比如约瑟夫·瓦姆博、艾德·麦可班恩。那些肚子里有真货，也敢讲真话的作者。"

"我会记下的。"

"最近生意怎么样？"

"还不错，雷。"

"你就一直坐在这儿，买书、卖书，以此谋生，是吗？"

"这就是美国人的生活方式。"

"嗯。对你来说是个相当大的转变，不是吗？"

"没错，我喜欢在白天工作，雷。"

"翻天覆地的职业生涯的转变,我是说,从小偷变成书店老板。你知道这听起来像什么吗?一个标题。你可以写一本关于这个话题的书,《从小偷到书店老板》。介意我问你一个问题吗,伯尼?"

介意又有什么用呢?"你问吧。"我回答道。

"你到底都懂些什么书?"

"我一直都非常热爱阅读。"

"你是说,在监狱里的时候。"

"即使出了监狱也是。我从童年时期就喜欢读书。你知道艾米莉·狄金森①说过的一句话吗?'没有一艘船能像一本书。'"

"这个说法挺不错的。你该不会是四处买书,然后开了这家书店吧?"

"这家书店之前就存在了。这些年我一直光顾这家书店,我和原来的老板认识,他想要卖掉书店,然后去佛罗里达。"

"那现在他正沐浴阳光呢。"

"事实上,我听说他在圣彼得斯堡又开了一家书店。他受不了这么闲着。"

"真不错。你哪儿来的钱盘下这个店铺,伯尼?"

"我得到了一笔钱。"

---

① 艾米莉·狄金森(Emily Dickinson,1830—1886),美国诗人,被誉为二十世纪现代主义诗歌的先驱之一。

"比如说，亲戚去世一类的。"

"差不多是这样。"

"好吧。我记得，你冬天的时候消失了一个月左右。一月份，对吧？"

"还有二月初的一段时间。"

"我猜，你是去了佛罗里达做你最擅长的行当，赚了不少钱，还得到不少珠宝。罗登巴尔太太的儿子终于决定找个体面的差事伪装自己，重新做人了。"

"这就是你的猜测吗，雷？"

"嗯。"

我思考了一分钟。"不是佛罗里达。"我说。

"那就是拿骚，或者圣托马斯。管他是哪里。"

"其实是加利福尼亚，橘郡。"

"没什么区别。"

"而且不是珠宝，是个硬币集。"

"你还是痴迷于这些东西。"

"是的，它们是很不错的投资品。"

"如果不是你逍遥法外，它们就不是什么投资品了。你看起来像是靠着硬币大赚了一笔，对吧？"

"可以这么说，我靠这个赚了不少。"

"然后买下了这家店。"

"是的。利扎尔先生没有漫天要价，他给了我一个公道合理的价格，其中包括库存书、店里的设施和好口碑。"

"巴尼嘉书店。你怎么想到起这个名字的？"

"我没有更换店名，我不想再花钱做个新的招牌。利扎尔在泽西海岸的巴尼嘉灯塔有个度假屋，门店招牌上就有一座灯塔。"

"这我倒没注意。你应该把店名改成'小偷书店'——你可以把'书都是偷来的'当做宣传标语。怎么样？"

"我迟早会改的。"

"嘿，你生气了吗？我没别的意思。这真的是个不错的伪装，伯尼。真的。"

"这不是伪装，这就是我现在的工作。"

"什么？"

"这是我谋生的工作，雷，这就是我谋生的唯一途径。我是个开书店的。"

"你当然是。"

"我是认真的。"

"认真的。好吧。"

"我真的是认真的。"

"好吧。嘿，我今天来这儿是因为我最近想起你了。我的妻子最近总唠叨我。你结婚了吗？"

"没有。"

"你一直太忙了，没法安顿下来，也许下一阶段可以考虑结婚。想让一个人安顿下来，没有比结婚更好的法子了。现在已经十月份了，她希望能有个漫长的冬天。你见过我妻子吗？"

"我之前和她通过电话。"

"'树叶黄得这么早，雷。说明冬天会很冷。'她是这么跟我说的。如果树叶不是很晚才变黄，那说明冬天会很冷。"

"她喜欢寒冷的天气？"

"她喜欢在冷天穿得暖和。她想要一件毛皮大衣。"

"哦。"

"她大概有五英尺六英寸①高，穿十六码的裙子。有时候她减肥的话，会变成十二码，有时候意面吃多了，又会变成十八码。我想毛皮大衣不用像手套一样合身，对吧？"

"我不太了解这个。"

"她想要貂皮大衣。不要野生动物也不要濒危动物，因为她非常关心这类动物保护问题。水貂，养在养殖场里，它们不会碰到什么陷阱，而且这种动物也不会面临濒危之类的种种问题。它们只会被毒气毒死，然后被剥下皮。"

"这对水貂来说也还不错。应该就像去看牙医一样。"

"至于颜色，我想她应该不会太挑剔。就挑个最新款的颜色，灰色，或者香槟色。只要不是老土的深棕色就行。"

我点了点头，想象着基希曼太太穿着貂皮大衣的样子。

---

① 大约相当于一米六七。

我不知道她长什么样子，脑海中浮现的是矮胖的伊迪丝·邦克①。

"哦，"我突然反应过来，"我知道你跟我说这些是为什么了。"

"嗯，伯尼，我在想……"

"我已经不干这行了，雷。"

"我是在想，你可能在做事时恰巧碰到一件貂皮大衣，你明白我的意思吧？我们认识这么久了，也一起经历了很多事，所以——"

"我现在不做窃贼了，雷。"

"我不会白拿你的，伯尼。我只是想要个便宜点的。"

"我已经不偷东西了，雷。"

"我还没有耳背，伯尼。"

"我已经不是年轻时候的我了。没有人能一直年轻，但我最近才感觉到年龄的压力。我年轻的时候什么都不怕。但是慢慢上了年纪，一切都变得可怕了起来。我再也不想进监狱了，雷。我真的不喜欢在监狱里待着。"

"最近里面都快像乡村俱乐部一样了。"

"那这几年确实改变了不少，但是我发誓我一点都不喜欢那个鬼地方。你可以去 D 线地铁上抓到你想找的人。"

---

①伊迪丝·邦克（Edith Bunker），美国二十世纪七十年代电视剧《一家人》中的人物。

"像你这样的人，在监狱的图书馆里能找到一份不错的工作。"

"但是晚上还是会被关起来。"

"所以你现在完全金盆洗手了，对吧？"

"没错。"

"我在这里多久了？这么长时间怎么也没看见有顾客进来？"

"也许是你这身制服把他们挡在了门外，雷。"

"也许是你的生意本来就不好。你开书店多久了，伯尼，六个月？"

"快七个月了。"

"我敢打赌你还没赚够租金。"

"我的生意还不错。"我在《三个士兵》里做了个标记，合上书，然后放到柜台后面的架子上。"今天午后我刚从一个客人那里净赚了四十块，我发誓这要比偷东西简单多了。"

"是吗？你曾经可是一个半小时赚到过两万美元，那时候也很顺利。"

"但是不顺利的时候，我被关进了监狱。"

"四十块。看得出来这会让你手舞足蹈。"

"老老实实赚钱和用其他方式赚钱是有区别的。"

"是啊，区别大概是一万九千九百六十块。来，伯尼，这就是一点小钱。我们都诚实点，你靠着这点收入没法生活。"

"我从没偷过那么多钱，雷。我从来没过过多么奢侈的生活。我住在上西区的一个小公寓里,从不去夜店,衣服都是在地下室用洗衣机自己洗的。我的生意很稳定。你能帮我个忙吗?"

他帮我把摆着特价书的桌子从人行道上搬了进来。他说:"快看看,警察和窃贼在一起干体力活,真该用相机拍下来。这些书怎么卖的?四十美分一本,三本一块?这就足够让你买衬衫和袜子了吗?"

"我买东西很节俭。"

"听着,伯尼,如果是有什么原因让你不想帮我弄件大衣——"

"警察。"我说。

"警察怎么了?"

"一个人想要改邪归正,你又不相信。你们一直不停地告诉我要走正道——"

"我什么时候跟你说过要你走正道?你是个一流的贼,我为什么要让你改变?"

他放弃了那个话题,我拿了一个购物袋把精装侦探小说收了起来,然后准备打烊。他跟我讲到了他的搭档,一个一本正经、讲话温和的人,喜欢赌马,还有用安非他命[①]的习惯。

"他赌马总是输,输了就骂骂咧咧,"雷抱怨道,"直到上

---

① 安非他命,一种具有多种兴奋作用的化学物质。

个月，他开始用 X 光般的眼光挑马，现在他完全没输过。我发誓我还是喜欢他赌输时候的样子。"

"他不可能一直这么好运的，雷。"

"我也总是这么告诉我自己。那是什么，窗户上的铁栅栏吗？你还真是挺谨慎的。"

我拉上铁栅栏，上了锁。"它们原本就在这儿，"我冷冷地说，"不用的话好像看起来很傻。"

"不能给别的贼机会，对吧？贼之间没有信义可言，他们是这么说的吧？如果你忘带钥匙了呢，会怎么办，伯尼？"

他没有听到答案，我想他也没有指望我能回答他。他笑了笑，重重地拍了拍我的肩膀。"我猜你只能找个开锁匠了吧，"他说道，"你不能撬锁，你已经不再是个贼了，只是个卖书的。"

像夜贼一样

十一点三十分，电视机里的主持人建议她继续收看接下来的深夜节目，稍后会播放加里·格兰特[①]主演的经典希区柯克电影。她犹豫了一会儿，然后走到房间的另一边关掉了电视。

咖啡壶里还剩下最后一杯咖啡。她倒了出来，站在窗前。这是一位身材高挑、很有魅力的女性，身穿正装套装和丝质衬衫。她看起来既干练又优雅，此刻正拿着骨瓷杯，抿着黑咖啡，望向西南方向。

她的公寓位于莱克星顿大道和第七十六街拐角处的一幢大楼内，二十二层，视野相当开阔。一座市中心的摩天大楼挡住了她看向塔维斯托克办公楼的视线，但她想象自己用X光一样的透视视线穿越了它。

她知道在这个时间，大楼的保洁人员正在做收尾工作，把拖把和水桶放回橱柜，换上便装，准备下夜班。他们会在

[①] 加里·格兰特（Cary Grant，1904—1986）：英国男演员，出生于英国布里斯托尔。代表作《费城故事》《美人计》《捉贼记》等。

塔维斯托克大楼的十七层和其他地方留几盏灯。整个大厅会保持明亮的状态,大楼里的某处也会有人通宵工作,然而——

她喜欢希区柯克的电影,尤其是早期的那几部,她还喜欢加里·格兰特。但她也喜欢高档的衣服、骨瓷杯和公寓开阔的视野,还有设施完善的公寓本身。于是她在水槽里冲了冲杯子,穿上外套,乘坐电梯下到了大堂,那位面色红润的看门人夸张地招手为她喊来一辆出租车。

还会有其他的夜晚,还会有其他的电影。

出租车将她带到了位于西三十街的一栋办公楼脚下。她推开旋转门,脚步声在大理石地板上回响,响声大到让她感到不可思议。保安坐在电梯旁边的一张小桌子旁,正看着杂志,听到她走近抬起了头。她说:"你好,埃迪。"脸上闪过一丝微笑。

"嘿,你好。"他答道。她弯下腰签字,保安继续看他的杂志。她在一栏空格里签下了:伊莱恩·哈尔德,塔维斯托克,1704,接着又看了一眼手表,12:15。

她走进停在一层的电梯,门悄无声息地关上了。

那里应该只有她一个人,她心想。刚刚签字的时候她看了一眼登记表,没有塔维斯托克的员工或是十七层其他办公室的人签到。

好吧,她也不会待太久。

电梯门打开,她走了出来,在走廊上站了一会儿,确定好方向。她从钱包里掏出一把钥匙,然后看着它,好像钥匙是来自某个陌生文明的文物。接着她转过身,沿着刚刚清洁过的走廊走向办公室,除了回荡在走廊里喧闹的脚步声,她什么声音都听不到。

1704。这是一扇橡木门,上面有一块方形的磨砂玻璃,除了门牌号和公司名称外没有其他标记。她又仔细检查了一遍钥匙,然后小心翼翼地把钥匙插进锁孔。

锁很容易地打开了。她推开门,走了进去,门在她身后慢慢关上了。

她倒吸了一口凉气。

在离她不到十二码①的地方站着一个男人。

"你好。"他说道。

他站在一张玫瑰木台面的桌子旁,桌子中间的抽屉正敞开着,他的眼里有火花闪烁,嘴角挂着一个稍显犹豫的微笑。他穿着一套灰色格纹西装。衬衫的扣子扣到了最上面一颗,窄领带也打得整整齐齐。她猜这个男人比她大两三岁,他的身高应该也比她高两三英寸。

---

①约为十一米。

她的手按在胸口上,像是想要平复怦怦直跳的心脏。但她的心脏并没有怦怦跳。她勉强地笑了笑。"你吓了我一跳,"她说,"我不知道办公室里会有人。"

"我和你一样。"

"你说什么?"

"我也没想到会有客人。"

她注意到他有一口漂亮整洁的白牙。她通常会观察别人的牙齿。他的表情开朗友好,这点她也注意到了,但是为什么她突然想到了加里·格兰特?当然,是因为那部电影她还没有看过,也是因为这个好莱坞式的开场,他们两个人在安静的办公室意外相遇,而且……

而且他戴着橡胶手套。

她的脸上肯定表现出了什么,因为他皱起了眉头,若有所思。接着他抬起手,活动了一下手指。"哦,这个,"他说道,"如果我说,暴露在夜里的空气中会导致湿疹,会有用吗?"

"这种情况很多。"

"我就知道你会理解的。"

"你是个入侵者。"

"这个词的内涵非常不好,"他反对道,"这会让人联想到在灌木丛里潜伏的画面。这里没有灌木丛,只有几盆奇怪的橡胶植物,而且就算有灌木丛我也不会潜伏在里面的。"

"那就是小偷。"

"小偷，没错。更准确地说，是窃贼。当你插进钥匙开门的时候，我应该把手套摘掉的。但是我一直在听你的脚步声，我一直希望你要到别的办公室去，所以我完全忘了我还戴着手套。不过这也没什么大不了的。因为就算我摘下了手套，一分钟之后，你就会意识到你从来没有见过我，接着你也就明白我来这里是干什么的了。"

"你来这里是干什么的？"

"我的弟弟需要动手术。"

"我猜也是。治疗湿疹的手术。"

他点了点头。"不然的话，他就再也不能吹喇叭了。我能说一个我的发现吗？"

"没什么不能的。"

"我发现你害怕我。"

"我还以为我掩饰得很好。"

"确实不错，但我是一个十分敏锐的人。你害怕我会有暴力倾向，你觉得一个盗窃的人也很可能会伤人。"

"你会吗？"

"完全不会。我是个典型的和平主义者。小的时候我最喜欢读的书是《公牛费迪南德》[①]。"

[①] 《公牛费迪南德》，作者是曼罗·里夫。公牛费迪南德生在一个景色优美、恬静自在的农场里。与其他斗牛的伙伴不同，费迪南德无比热爱大自然。然而，费迪南德却意外被斗牛侦探发掘，不得已走入了斗牛场。

"我记得他。他不喜欢打架，只喜欢闻闻花香。"

"这也不是他的错，对吗？"他又笑了，她觉得他笑起来毫无防备，相比加里·格兰特，他更像艾伦·艾尔达①。像艾伦·艾尔达也没什么不好的。

"我觉得，你也害怕我。"

"你怎么知道的？我的上唇微微颤动了吗？"

"没有。我就是这么感觉的。但是为什么？我又能对你做些什么呢？"

"你可以，呃，叫警察。"

"我不会这么做的。"

"我也不会伤害你。"

"我知道你不会。"

"好了，"他说道，戏剧性地叹了口气，"你也很开心我们能顺利达成一致吧？"

确实，她也很开心。因为他们两个人都不需要再担心对方了。似乎是意识到了他们之间气氛的变化，她脱下了外套挂在衣架上，那里已经挂了一件格纹外套，她猜应该就是他的。他还挺不见外！

---

① 艾伦·艾尔达（Alan Alda, 1936—），美国导演、演员、编剧，代表作品有《陆军野战医院》《飞行者》《高楼大劫案》等。具有喜剧天赋，多以正面形象出现。

她转过身,发现他正在接着翻办公桌抽屉里的东西。他也太嚣张了,她心想,不过自己却不禁开始微笑起来。

她问他在做什么。

"翻东西,"他回答道,然后立即挺直了身子,"这不是你的办公桌吧?"

"不是。"

"谢天谢地。"

"话说回来,你在找什么?"

他琢磨了片刻,然后摇了摇头。"没什么,"他说,"你也许觉得我会找个体面的借口,但我想不出来。我就是在找东西偷。"

"没有具体的东西吗?"

"我喜欢保持开放的态度。我不是来这里偷IBM的打字机的。不过你想象不到有多少人会把现金放在抽屉里。"

"所以你翻到什么就拿什么吗?"

他低下了头。"我知道,"他说,"这非常不道德。你不用告诉我。"

"真会有人把现金放在不上锁的抽屉里吗?"

"有时候会。有时候他们也会锁上抽屉,但是就算上了锁,开锁也并没有什么难度。"

"你会撬锁?"

"一个用处有限且古怪的才能,"他承认道,"但我也就会这些了。"

"你是怎么进来的？我想你撬开了办公室的锁。"

"这没什么难的。"

"但你是怎么从埃迪的眼皮子底下溜进来的？"

"埃迪？哦，你是说大厅里的那位先生。他并不像柏林墙那样严密。我大约八点到的这里。那时还比较早，他们一般不会非常警惕。我在登记表上随便写了个名字，然后就直接进来了。之后我找了一个他们刚打扫过的空办公室，蜷在沙发上睡了一会儿。"

"你在开玩笑吧。"

"难道我有骗过你吗？保洁人员午夜的时候下班离开。大约是那个时候我离开了希金伯瑟姆先生的办公室——我就是在那儿睡的觉，他是一位专利律师，办公室里有一套最舒服的旧皮革沙发。之后我就在四处闲逛。"

她看着他。"你之前来过这栋大楼？"

"隔三岔五会来一次。"

"你说的好像这里是自动贩卖机一样。"

"确实有点像，不是吗？我还从没这么认为过。"

"然后你就四处闲逛，破门而入进了办公室——"

"我从不会破坏任何东西。应该说我是自己走进来的。"

"接着你从抽屉里偷钱——"

"还有珠宝首饰——如果我碰巧能翻到的话——任何值钱的、方便拿的东西都可以。有时候会出现一个保险箱。这样就省得到处找了,你一下子就知道他们把好东西放在哪儿了。"

"你会开保险箱?"

"也不是所有保险箱,"他谦虚地说道,"也不是每一次都有,不过——"他切换到伦敦腔,"——我确实有这个本事。"

"然后你怎么做?等到早上再离开?"

"为什么?我穿着体面,看起来就是正派人。除此之外,安保人员是被派来防止未经授权进入大楼的人的,而不是阻止大楼的内部人员离开。如果我是想推着复印机离开大楼,那情况可能会有点不一样。但我不会偷口袋或者公文包放不下的东西。而且我从保安身边走过的时候,也不会戴着橡胶手套,那样肯定不行。"

"我想也不行。我该怎么称呼你?"

"'该死的贼',我想其他人都是这么叫我的。但是你——"他伸出一根戴着橡胶手套的食指,"——你可以叫我伯尼。"

"窃贼伯尼。"

"我该称呼你什么?"

"叫我伊莱恩就可以。"

"伊莱恩,"他说,"伊莱恩,伊莱恩。你不会就是伊莱恩·哈尔德吧?"

"你怎么——?"

"伊莱恩·哈尔德,"他说,"这就能解释你为什么会大半夜来办公室了。你看起来很吃惊。我想不明白为什么。'你知道我的方法,华生。'有什么问题吗?"

"没有。"

"天哪,别害怕。知道你的名字并不会让我对你的命运产生神秘掌控力。我只是记忆力好,刚好记得你的名字。"他伸出拇指,指了指房间另一边一扇关着的门。"我已经去过你老板的办公室了。我看到了你放在他桌子上的信。我必须承认我偷看了。我是个窥探狂。这是个很严重的性格缺陷,我知道。"

"和做贼一样。"

"也差不多。那么事情是这样的,伊莱恩·哈尔德离开了办公室,走之前她在老板的办公桌上放了一封辞职信。伊莱恩·哈尔德在半夜回来了。接下来行动就要静悄悄地开始了,亲爱的。"

"哦?"

"没错。你犹豫了,你想在老板看到信之前把它拿回来。考虑到你在信里说了些恶毒的话,我觉得这是个不错的主意。让我帮你开门吧?我是个爱干净的人,所以我离开后又锁上了门。"

"你有没有找到什么可以偷走的东西?"

"八十五美元和一对金袖扣。"他弯下身子,用一条弹簧钢片探进锁孔内。"没有值钱到我可以写信告诉家人的程度,但是每一分钱都有用。我敢肯定你有一把能打开这扇门的钥匙,对吧?你得有钥匙,才能把辞职信放进来。但我能有多少次机会可以炫耀呢?虽然这锁稍微有些挑战性,不过对于窃贼伯尼这样灵巧的手指来说,不是问题——好了,成功了!"

"太厉害了。"

"我很少能有观众。"

他站到一边,为她打开门。她站在门口时,脑海中突然涌出一个念头,私人办公室里有一具死尸。正是乔治·塔维斯托克本人,他倒在办公桌上,背后插着一把血淋淋的开信刀。

但是当然没有这么一回事。办公室里没有任何杂乱的东西,更别说尸体,并且也没有任何被盗的迹象。

桌垫上有一张纸。她走过去,拿了起来。她仔细地阅读了每一句话,就好像她是第一次看到这封信一样,然后她的视线落在了那个字迹工整的签名上,和她在大厅登记表上潦草的字迹大相径庭。

她又读了一遍,接着把信放回了原处。

"不再改变主意了吗?"

她摇了摇头。"我一开始就没有改变过主意。这不是我今晚回到这里的原因。"

"你也不可能是为了见我而来的。"

"如果我知道你会在这里,我可能真的会来。不,我回来是因为——"她停顿了一下,深吸了一口气,"可以说我是想来整理一下办公桌。"

"你不是已经收拾过了吗?你的办公桌就在那边吧,那张有你的名字标牌的?我前面那里,我知道,我已经偷偷瞄过了,抽屉和哈伯德老太太的碗柜①惊人地相似。"

"你翻了我的办公桌。"

他摊开双手道歉。"我没有别的意思,"他说道,"那个时候,我甚至还不认识你。"

"也有道理。"

"翻一个空办公桌并没有太大程度地侵犯隐私,不是吗?除了回形针、橡皮筋和一支签字笔,里面什么也没有。所以如果你是来整理那些东西的话——"

"这是一个比喻,"她解释道,"这个办公室里有些东西是属于我的。我之前做过一些项目,我应该把复印件留下给未来的老板看。"

"塔维斯托克先生不会给你复印件吗?"

她尖声笑道。"你不了解这个人。"她说。

"那要感谢上帝。我不可能了解每一个被我偷过东西的人。"

"他会认为我打算给竞争对手泄露公司机密。一旦他看到

---

① 《哈伯德老太太》是一首在英国广泛传唱的儿歌,歌词大意为"哈伯德老太太,去橱柜,给她可怜的小狗找骨头。当她到了那里,橱柜里空空如也。"

我的辞职信，我在这个办公室里会变得不受欢迎，可能都没办法再进入这栋楼。而我甚至没有意识到这一点，直到今晚回到家，我真的不知道怎么办，然后——"

"然后你打算试试偷出来。"

"不完全是。"

"哦？"

"我有钥匙。"

"而我有一根弹簧钢片，它们都代表了一个信号，那就是让我们进入自己原本无权进入的地方。"

"但是我在这里工作！"

"你过去在这里工作。"

"我的辞职申请还没有被审批。我依然是这里的员工。"

"从技术层面来讲，你像个夜贼一样地来了。你也许在楼下登记了，是用钥匙打开的门，而且你没有戴手套或者穿橡胶底的鞋子，但是我们从某种程度上还是有点像的，对吧？"

她咬着嘴唇。"我有权得到我的劳动成果。"她说。

"我也一样，但愿上帝保佑那些财产权挡了我们路的人。"

她绕过他，走到桌子旁一个有三个抽屉的文件柜旁边。柜子是上着锁的。

她转过身，不过伯尼已经来到了她身后。"让我来。"他说，很快，他在锁孔里轻轻一转，抽屉就打开了。

"谢谢。"她说。

"哦,不用谢我,"他说道,"这是职业礼节,不需要道谢。"

接下来的三十分钟里,她忙着从文件柜和塔维斯托克的桌子上筛选文件,还有找出办公室里其他一些没有上锁的柜子里的材料。她把所有材料都放进了复印机,然后把原件放回了原位。正在她忙着做这一切的时候,她的窃贼朋友则在办公室里剩下的办公桌上工作。他并没有表现出匆忙的样子,她想到他可能在故意拖延时间,这样就不会在她之前完成工作。

她时不时会从自己手里的文件夹中抬起头来看他工作。有一次她发现他正在看着她,当两个人的视线相遇时,他眨了眨眼睛笑了,她感觉自己的脸烫了起来。

他很有吸引力,这是当然的。而且很讨人喜欢,也丝毫没有威胁性。他并不像一个罪犯。他的言行举止都很绅士,衣品也很好——

她到底在想什么?

当她完成所有的工作后,手里装着文件的棕色文件袋足足有一寸厚。她抱着文件袋,穿上了外套。

"你真的很整洁,"他说道,"每样东西都有它们自己的位置,每次你都会放回原位。我喜欢这样。"

"你也是这样的，不是吗？你甚至还会特意上锁。"

"也并不是特意。这样做是有道理的。如果不留下任何痕迹，那么一个人有时需要几个星期才会发现自己被盗了。这段时间越长，别人就越难找出真凶。"

"我还以为你天生就是爱整洁的人。"

"确实是，但这也是我的职业优势。当然，你整洁的目的也和我一样，对吧？他们永远都不会知道你今晚来过这里，尤其是你实际上什么也没带走，只是复印了一些文件。"

"没错。"

"说起来，你要把那些文件装进我的公文包里吗？这样你就不用手拿着文件，不会引起别人注意了。我承认，楼下那位伙计估计连发生里氏七点四级地震都察觉不到，但正是因为注意这些看似毫无意义的细节，才让我能够一直坚持做目前这个职业，而不是作为州长的客人去制作汽车牌照或是缝制邮袋。你准备好了吗，伊莱恩？还是你想最后再看一眼，怀旧一下？"

"我已经看过了。而且我也不喜欢怀旧。"

他为她打开门，关闭顶灯，然后关上门。在她用钥匙上锁的空隙，他脱下了橡胶手套，放进公文包里，和她的文件装在一起。然后，两人并排走过走廊，走向电梯门口。她的脚步声回响着，而他穿着鞋底松软的橡胶鞋，走起路来几乎没有声音。

当他们走到电梯前时,她的脚步声也停了下来,他们静静地等待着。她想,他们像夜贼一样相遇,现在又要像夜航船一样擦肩而过。

电梯来了,把他们带到了大厅。大厅的保安抬头看了一眼,从他的眼里既看不出认识他们,也没有对他们有任何兴趣。她说:"嗨,埃迪。一切还好吗?"

"嘿,你好。"他说。

登记表上在她下面一共只有三个人,他们都是在她之后到的。她在表格上准备签字离开,然后看了一眼手表接着记下了时间:她在楼上待了超过一个半小时。

外面的风有点凉。她转向他,瞥了一眼他的公文包,突然想起第一个为她背包的男人。她当然也可以自己背书包,就像她原本也可以在埃迪的鹰眼下安全地带着文件夹离开。

不过,让别人帮忙背包也不是坏事。

"好了,"她开口道,"我要拿走我的文件,然后——"

"你要去哪里?"

"七十六街。"

"东区还是西区?"

"东区。不过——"

"我们可以一起坐出租车,"他说,"一点小心意。"他来到了路边,举起一只手,一辆出租车来到他们面前,他为她打开了车门。

她坐上了车。

"七十六街,"他告诉司机,"然后呢?"

"莱克星顿。"她说。

"莱克星顿。"他重复道。

坐在出租车里,她脑海里的画面飞速转动。她的感觉就像是校园里的女孩,像一个陷入危险的少女、像希区柯克电影里的格蕾丝·凯利[①]。当出租车到达她家楼下的转角时,她示意司机把她送到楼下,他倾身向前告诉司机接下来的地址。

"你想上去喝杯咖啡吗?"

这句话就像是咒语一般反复出现在她的脑海里。然而她还是不敢相信自己真的说出了这句话。

"好,"他回答道,"我想。"

当两人走到看门人面前时,她报出了自己的门牌号,但对方非常谨慎。他甚至没有叫她的名字、和她打招呼,只是为她和她的男伴开门并祝他们晚安。上楼后,她本想让伯尼打开她家的门而不是用钥匙,但她决定现在不想把自己内心的脆弱展示给别人。她自己打开了几把锁。

"我来冲咖啡,"她说,"还是你想先喝一杯?"

[①]格蕾丝·凯利(Grace Kelly, 1929—1982),美国著名女演员,二十七岁时成为摩纳哥王妃,代表作品有《红尘》《电话谋杀案》《后窗》等。

"听起来不错。"

"苏格兰威士忌,还是干邑?"

"干邑吧。"

当她倒酒的时候,他在她家的客厅里走来走去,看着墙上的照片和书架上的书。来她家做客的人经常会这样,但是毕竟今天这位特殊的客人是个罪犯,她想象着他在对着她的财产进行盗贼式的清点。他正在研究的那幅夏加尔的水彩画——她在拍卖会上花了五百美元买下的,现在的价值可能涨了三倍。

他在她的公寓里搜东西肯定要比在一间废弃办公室里运气更好一些。

他自己肯定也是这样想的。

她把白兰地递给他。"敬犯罪事业。"他说道,她举起酒杯回应他。

"我把文件拿给你。省得一会儿忘了。"

"好。"

他打开公文包,把文件递给了她。她把文件袋放在了咖啡桌上,拿着白兰地走到窗边。厚实的地毯减弱了她的脚步声,就好像她也穿了橡胶鞋一样。

你没有什么可害怕的,她告诉自己。你一点也不害怕,而且——

"很美的景色。"他说道,就站在她的身后。

"没错。"

"如果不是那栋大楼挡着,你在这里就能看到你的办公室了。"

"我之前也是这么想的。"

"真美。"他轻声说着,然后从后面伸出手臂环绕住她,他的嘴唇落在了她的脖子上。

"美丽的伊莱恩,可爱的伊莱恩,"他引用道,"阿斯特拉特的百合之女伊莱恩①。"他的嘴唇摩挲着她的耳朵。"不过你肯定经常听到这些了。"

她微笑着。"哦,也不是那么经常,"她说,"比你认为的要少。"

他离开的时候,天刚蒙蒙亮。她一个人躺了几分钟,然后起身准备锁门。当她发现他已经把门锁好并且不需要用钥匙时,她笑了出来。

虽然已经很晚了,但是她从未感觉如此的放松。她煮了一壶新的咖啡,然后倒了一杯,坐在厨房的餐桌前读着她从办公室带回来的文件。她意识到,如果不是伯尼的帮助,她可能只能拿到一半的文件。她不可能打开塔维斯托克办公室里的文件柜。

---

① 此处引用源自神话《兰斯洛特和伊莱恩》。

美丽的伊莱恩，可爱的伊莱恩。阿斯特拉特的百合之女伊莱恩。

她微笑着。

九点过几分，当她确定詹宁斯·科利亚尔已经坐到办公桌前时，她拨通了他的私人电话。

"我是安德里亚，"她说，"我的收获远远超出了我们的最高预期。我拿到了塔维斯托克公司完整的秋冬营销计划的副本，还有几十份测试和调研报告，以及很多你会想要拿去研究的文件。我把所有文件都放回了原位，所以塔维斯托克的人永远都不会知道发生了什么。"

"太棒了。"

"我就知道你会夸我的。有他们办公室的钥匙帮了大忙，知道看门人的名字也没什么坏处。哦，我还知道了一些值得一听的消息。我不知道乔治·塔维斯托克现在是否已经在他的办公室里了，但是如果他在的话，现在可能正在读那封辞职信。阿斯特拉特的百合之女已经受够了。"

"你在说什么，安德里亚？"

"伊莱恩·哈尔德。她收拾了自己的办公桌，留下了一张辞职便条。我想你会希望自己是第一个知道这件事的。"

"你说得没错。"

"我原本现在就能过去，但是我太累了。你能派个跑腿的人来吗？"

"我马上安排。好好休息吧。"

"我正打算休息。"

"你做得非常出色,安德里亚。你会得到额外的奖励的。"

"我想也是。"她说。

她挂掉电话,再次站在窗前,看着这座城市,回顾着今晚发生的事情。她觉得一切都非常完美,如果存在那么一丝缺陷,那就是她错过了加里·格兰特的电影。

不过它很快还会再上映的。他们经常放映类似的电影。很明显,人们喜欢这样的内容。

顺便拜访猫王的贼

"我认识你,"她说,"你是伯尼·罗登巴尔,是个窃贼。"

我四处看了看,很庆幸店里除了我们两个之外没有别人。这种情况经常发生,但是并不是每次都能这么幸运。

"过去是。"我说。

"过去是?"

"过去是。过去式。我之前有过犯罪记录,虽然我想要守住这个秘密,但我不会否认。不过我现在是个二手书商,请问你是——"

"达娜希,"她回答道,"霍利·达娜希。"

"达娜希小姐,我现在是个被智慧熏陶的商人。我为自己年轻时犯过的错误感到遗憾,甚至是悔恨,但这些都已经是过去的事情了。"

她若有所思地看着我。她是一位可爱的女人,身材苗条、俏皮、眼神明亮、好奇心强,穿着一套裁剪合身的衣服,系着流苏领结,让她看起来既温柔优雅,又冷静沉稳得像一把鲁格尔手枪。

"我觉得你在撒谎,"她说,"我希望你是在撒谎。因为二手书商对我来说毫无用处。我需要一个窃贼。"

"希望我可以帮到你。"

"你可以。"她把自己冰凉的手放在我的手上,"快到打烊时间了。为什么不直接锁门下班呢?我请你喝一杯,然后告诉你怎样能获得一次费用全免的孟菲斯旅游机会。也许还有更多的好处。"

"你该不会是想给我推销繁华的旅游度假胜地吧?"

"完全不是。"

"那你想从我这里得到什么呢?实际上,我常常会在下班之后和一位朋友喝酒——"

"卡洛琳·凯瑟,"她打断了我,"你最好的朋友,在距离这里两个店面的'贵宾狗工厂'洗狗。你可以打电话取消和她的约会。"

轮到我若有所思地看着她了。"你看起来很了解我。"我说。

"亲爱的,"她说,"这是我的工作。"

"我是个记者,"她说,"我在《星系周刊》工作。如果你不知道这份报纸的话,那你肯定是没有去过超市。"

"我知道,"我说,"但我必须承认我不是你们的定期读者。"

"嗯，我也希望你不是，伯尼。我们的读者是一边说话一边思考的那种人。而且我们的读者在写信时只能用蜡笔，因为他们是不被允许使用任何锋利的东西的。相比之下，他们让《询问者》的读者看起来像罗德奖学金学者[1]。我们的读者，实话说，就是一群'蠢蛋'。"

"那他们为什么想了解我？"

"他们并不想了解你，除非是外星人让你怀孕了。有这样的事吗？"

"没有，但是大脚兽吃了我的车。"

她摇了摇头。"我们已经写过这个故事了。如果我没记错的话，应该是去年八月。那辆被吃掉的车是一辆ＡＭＣ[2]格姆林，行驶里程数已经达到了三十万公里。"

"我想也是时候报废了。"

"车主也是这么说的。他现在有了一辆新的宝马。感谢《星系周刊》。他不会拼这个单词，但是他可以疯狂开车。"

我透过玻璃杯的边缘看着她。"如果你不是想写关于我的故事，"我说，"为什么找我？"

---

[1]罗德奖学金学者，罗德奖学金（Rhodes Scholarship）创立于一九〇三年，是世界上历史最悠久、最负盛名的国际奖学金项目之一，有"全球青年诺贝尔奖"的美誉，得奖者被称为"罗德学者"（Rhodes Scholars），其评定标准包括学术表现、个人特质、领导能力、仁爱理念、勇敢精神和体能运动等多方面。
[2] AMC，美国汽车公司，American Motors Corporation的简称，成立于一九五四年，在美国历史上，AMC是最大的合资公司，一度与通用、福特和克莱斯勒齐名。

"哦,伯尼,"她说,"窃贼伯尼。亲爱的,你是我去见猫王的门票。"

"最好的照片,"我告诉卡洛琳,"应该是猫王在棺材里的照片。《星系周刊》喜欢那种类型的照片,不过从长远来看这可能会适得其反,因为这会毁了他们的连载故事,就是他们每个月都会发表的那个。"

"就是关于他现在还活着的那个。"

"没错。目前第二好的照片,而且整体来看更符合他们目的的,应该是他活着的照片,他对着来自其他星球的客人唱《温柔地爱我》。他们每隔几天就有机会拍到这种照片,都是一些猫王模仿者。你知道现在美国有多少全职的埃尔维斯·普雷斯利的模仿者吗?"

"不知道。"

"我也不知道,但是我有一种感觉,霍利·达娜希可能能提供一个数字,并且这个数字会令人印象深刻。不管怎样,第三好的照片,也是在她看起来似乎比生命更渴望的,就是猫王卧室的照片。"

"在猫王雅园吗?"

"就是那里。每天都有六千人参观猫王雅园。去年就有两百万人去过。"

"那些人中没有一个人带相机吗？"

"不要问我有多少人带了相机，拍了多少卷胶卷，或者他们买了多少纪念品烟灰缸和黑天鹅绒画。你应该问我有多少人能上到二楼。"

"多少人？"

"没有人。没有人能上到猫王雅园的二楼。员工是不允许上去的，在那里工作很多年的人也从没去过二楼。靠贿赂也上不去，这是霍利说的，因为她尝试过，而且还是动用了整个《星系周刊》的人脉。每年有两百万人参观猫王雅园，他们每个人都想知道楼上是什么样的，恰好《星系周刊》也很想展示给人们看。"

"那就让一个窃贼进去。"

"没错。这就是霍利的绝招，这样她就能拿到奖金并且升职。请一个擅长非法入侵的专家，一个窃贼。'我最喜欢小偷，你来开价'，她是这么跟我说的。"

"那你是怎么跟她说的？"

"两万五。你知道为什么吗？我想到这个数字是因为这听起来像是尼克·维尔维特[①]的工作。你还记得他吧，爱德华·霍克[②]故事里那个只偷不值钱东西的小偷。"我叹了口气。

[①] 尼克·维尔维特，爱德华·霍克小说中的主人公，是个小偷，专门高价受委托去偷不值钱的东西。
[②] 爱德华·霍克（Edward D. Hoch, 1930—2008），著名侦探小说作家，被誉为"当代短篇侦探小说之王"，他是侦探小说黄金时代的最后一位大师。

"我想起了我这么多年来偷的不值钱的东西,而从没有人能为我的工作出两万五千块的酬金。无论如何,我就是想到了这个价格,然后告诉了她。她甚至都没有考虑讨价还价。"

"我觉得尼克·维尔维特现在涨价了,"卡洛琳说,"我想尼克的开价应该已经在最近的一两个故事里上涨了。"

我摇了摇头。"你看看,现在是什么结果?你没能跟上故事的更新,这要付出金钱的代价。"

我和霍利乘坐头等舱从肯尼迪国际机场飞往孟菲斯。餐食仍然是飞机餐,但因为座位非常舒服,还有空姐的服务很周到,以至于我忘了食物的事。

"在《星系周刊》,"霍利喝着餐后饮品说道,"一切都是头等的。当然,除了报纸本身。"

我们取完行李后,一辆酒店接待车很快将我们送到了位于猫王大道的豪生国际酒店,我们提前预订了两间相邻的房间。正当我要打开行李的时候,霍利敲响了隔在两个房间之间的门。我打开门,她拿着一瓶威士忌和一只满满的冰桶走了进来。

"我本来想住到匹尔波地酒店去,"她说,"那是一家很棒的老式市中心酒店,那里非常不错,但是这里离猫王雅园只有几个街区,我想这里会更方便。"

"有道理。"我赞同道。

"但是我想看看鸭子。"她说。接着她解释说鸭子是匹尔波地酒店的象征，或者是吉祥物之类的东西。每天，酒店客人都能看到酒店的鸭子摇摇摆摆地穿过红地毯，走到大堂中央的喷泉处。

"跟我讲讲，"她说，"你这样的人是怎么想到做这个生意的？"

"卖书吗？"

"诚实点，亲爱的。你是怎么成为一个窃贼的？我问你不是为了启蒙读者，因为他们也完全不在乎。我只是为了满足自己的好奇心。"

我一边喝着酒，一边讲述了我作为不良青年的故事——或者应该说是我想讲的部分。她一直在听我讲，还喝了四杯烈性威士忌，但是如果说她喝醉了，我还真没有看出来。

"那你呢？"过了一会儿，我问道，"你这样一个好姑娘是怎么——"

"哦，天哪，"她说，"我们下次再说，好吗？"接着她就倒在了我的怀里，她闻起来的味道和给人的感觉都异乎寻常地美好，但几乎是一瞬间，她又离开了我的怀抱，走向了门口。

"你不用走。"我说。

"但是我得走了，伯尼。明天是个重要的日子。我们要去看猫王，记得吗？"

她带着威士忌走了。我倒出我自己剩下的酒，整理好行李,洗了个澡。我躺在床上,又过了二十来分钟,我起床试图打开两个房间之间的门,但是门从她的那边锁上了。我又回到了床上。

我们的向导名叫斯泰西。她穿着标准的猫王雅园制服,蓝白相间的衬衫搭配海军色的斜纹裤,而且她看起来像是一个会纠结要做空姐还是啦啦队长的人。她很聪明,选择了一份结合了这两种职业特征的工作。

"通常会有十几个客人挤在这张餐桌的周围,"她告诉我们,"晚餐在每晚九点到十点之间供应,猫王总是坐在桌子的最前面。不过这并不是因为他是这个家的主人,而是因为这样他可以拥有看大屏幕电视最好的视角。这是猫王雅园里十四台电视中的一台,所以你们应该知道猫王有多喜欢看电视了。"

"那是普通的瓷器吗?"有人提出了疑问。

"是的,女士,这种图案叫白金汉花纹。很漂亮吧?"

我可以为你详细地介绍整个游览过程,但是又有什么意义呢?要么你自己来这里参观过,要么你正计划着前来参观,要么你根本就不关心。不过根据人们到这里报名参观的热情来看,我认为完全不关心的人不多。猫王的台球打得不错,他最喜欢循环赛。他会在"丛林房"里在柏树咖啡桌旁吃早餐。猫王最喜欢的歌手是迪恩·马丁。他还喜欢孔雀，曾经养了十几只孔雀在院子里闲逛。后来它们开始啃车漆了，比起它们，猫王更喜欢车，所以他把它们捐给了孟菲斯动物园——捐的是孔雀，不是车。

镜面的楼梯上挂着金色绳索，楼梯上方有一个看起来像是监控的装置。"游客是不能到楼上去的，"导游接着说，"请记住，猫王雅园是一座私人住宅，猫王的姑母德尔塔·比格斯太太现在依然住在这里。我可以告诉大家楼上都有些什么。猫王的卧室就在起居室和音乐房正上方。他的办公室也在楼上，还有丽莎·玛丽①的卧室、更衣室和浴室。"

"他的姑母也住在楼上吗？"有人问道。

"不在，先生。她住在楼下，穿过你左边那扇门就是。我们没有人去过楼上。他去世后再也没人去过那里。"

"我敢打赌他现在就在楼上，"霍利说，"正靠在懒人沙发上，跷着二郎腿，吃着他那著名的香蕉花生酱三明治，还同时看着三台电视。"

"还听着迪恩·马丁的歌，"我补充道，"你真的是这么想的吗？"

---

① 丽莎·玛丽·普雷斯利（Lisa Marie Presley, 1968—2023），"猫王"埃尔维斯·普雷斯利的女儿。

"我怎么想的？我想他现在正在巴拉圭和詹姆斯·迪恩、阿道夫·希特勒三人一起打牌。你知道希特勒策划了阿根廷入侵福克兰群岛吗？我们报道过这个故事，但是并没有达到预期效果。"

"你们的读者都不知道希特勒吗？"

"希特勒对他们来说倒不是问题。但是他们不知道福克兰群岛是什么。说真的，我觉得猫王在哪里？我想他就躺在我们刚刚参观过的坟墓里，身边都是他最亲近的人。不幸的是，'猫王还死着'并不是一个能增加销量的标题。"

"我想也不是。"

我们回到了豪生国际酒店的房间，吃着霍利点的客房服务的午餐。这东西让我想起了前一天吃过的飞机餐，奢华但并不好吃。

"这么说，"她兴高采烈地说道，"你想到进去的办法了吗？"

"你看到那个地方了，"我说，"那里到处都是门、警卫和警报装置。我不知道楼上是什么，但是这个秘密的保守程度要比莎莎·嘉宝①的真实年龄高得多。"

"那很容易，"霍利说，"我们只要雇人和她结婚就可以了。"

"猫王雅园是无法攻破的，"我接着说，希望我们可以就

---

① 莎莎·嘉宝（Zsa Zsa Gabor，1917—2016），好莱坞知名影视演员，出生于布达佩斯，是匈牙利人后裔。

此打住这个类比,"几乎像诺克斯堡①一样。"

她的脸色一沉。"我以为你能找到进去的方法。"

"也许我可以。"

"但是——"

"只能我一个人去,而不是两个人。这对你来说太冒险了,你也没有这方面的技能。你能爬上排水管道吗?"

"如果有必要的话。"

"好吧,你不是必须要爬管道,因为你不用进去。"我停下想了想,"你有很多工作要做,"我说,"你需要待在外面,协调各种事情。"

"我可以应付。"

"而且还需要其他费用,大量费用。"

"没问题。"

"我需要一台可以在完全黑暗的环境下拍照的相机,一定不能有闪光灯,"

"这个简单。我们可以安排。"

"我还需要租一架直升机,付给飞行员足够的钱,保证他不要泄密。"

"小菜一碟。"

---

① 诺克斯堡,美国装甲力量最强的军事训练基地,美联储的金库也设在这里。有七道电网围护,全副武装的保安,一道重达二十四吨的安全门,据估计诺克斯堡有四千多吨的黄金条,以及其他大量未知的国家宝藏。

"我还需要转移视线,非常具有戏剧性的那种。"

"我可以制造点麻烦转移视线。有《星系周刊》的人脉,我甚至可以改变一条河的走向。"

"那倒不需要。但是这也要花钱。"

"钱,"她说,"不是问题。"

"你是卡洛琳的朋友,"卢西安·利兹说道,"她是个很不错的人,对吧?你知道,我和她的关系仅次于血亲。"

"哦?"

"她的前任和我的前任是兄妹关系——好吧——是姐弟。所以卡洛琳对我来说就像姻亲一样,对吧?"

"我想是的。"

"当然了,"他说,"按照这个逻辑,我和全世界一半的人都有关系。但是,我真的很喜欢卡洛琳。如果我能帮上忙——"

我把我的需要告诉了他。卢西安·利兹是一位室内设计师,也是一位艺术品和古董二手商。"我当然去过猫王雅园,"他说,"去了可能有十多次了,因为只要有亲戚朋友来玩儿,我一定会带他们去那里。这种体验永远不会让人感到厌倦。"

"我想你可能没去过二楼吧?"

"没有,而且我也没有出过庭。这两者之间,我还是更希望能到猫王雅园的二楼看看。每个人都会不由自主地想象一下，不是吗？"他说着。

"你只管自由发挥你的想象力。"

"我知道有这么一处房子。就在五十一号公路旁，越过密西西比州州界，靠近赫尔南多郡。哦，我还认识一个人，他有一件埃及文物，非常合适。你需要什么时候准备好呢？"

"明天晚上？"

"不可能。后天晚上还差不多，就算这样也只是勉强来得及。我真应该花一个星期来准备好这些事。"

"好吧，尽可能做得完美一点。"

"我需要卡车和工人，当然还需要支付租车的费用，还要给那个房东老太太一些东西。首先，我会去讨好她，但我想她还是更需要一些实实在在的回报。但是这一切都需要花钱。"

这话听起来很耳熟。我差点把自己代入进去，然后告诉他钱不是问题，但我想办法克制住了自己。如果钱真的不是问题，那我来孟菲斯又是为了什么呢？

"给你相机，"霍利说，"里面已经装好了红外胶片。没有闪光灯，你在煤矿底部拍照都没问题。"

"很好，"我说，"因为如果我被抓了，那煤矿底部可能就是我的归宿了。我们后天行动。今天是星期几，星期三？那我星期五去。"

"我应该能很好地帮你转移注意力。"

"希望如此,"我说,"我很可能会需要。"

星期四早上,我找到了直升机飞行员。"没问题,我可以,"他说,"不过我需要两百美元。"

"我给你五百。"

他摇了摇头。"有一件事我从不做,"他说,"那就是讨价还价,我说两百美元就是两百美元——等等。"

"你慢慢考虑。"

"你没有跟我讨价还价,"他说,"你这是要给我加价。我还从来没听说过这样的事情。"

"我愿意付额外的费用,"我说,"这样以后有人问起你,你就能讲出正确的故事了。"

"你想让我告诉他们什么?"

"有个你从未见过的人付给你钱,让你飞越猫王雅园,在豪宅上空悬停,放下绳梯,再升起绳梯,然后飞走。"

他想了整整一分钟。"但是你找我做的就是这件事啊。"他说。

"我知道。"

"所以你打算多给我三百美元,就是为了让我跟人们讲出实情。"

"如果有人问起的话。"

"你觉得会有人问吗？"

"有可能，"我说，"你最好说得能让他们认为你在说谎。"

"没问题，"他说，"从来没有人相信我说的话。我是个相当诚实的人，但我猜我看起来并不像。"

"确实不像，"我说，"所以我才选择了你。"

当天晚上，我和霍利打扮得光鲜靓丽，乘坐出租车去了市中心的匹尔波地酒店。那里的餐厅名叫杜克斯，菜单上有樱桃鸭肉，不过在这里吃这道菜似乎有点不太礼貌。我们都点了烤鲑鱼。她先干喝了两杯罗伯罗伊——一般这种酒都是作为佐餐酒的——然后又喝了一杯史丁格。我在餐前喝了一杯血腥玛丽，晚饭后喝了一杯咖啡。我感觉自己点的东西有点对不起这顿饭的价格。

之后，我们回到了我的房间，她一边喝苏格兰威士忌，一边和我讨论策略。她时不时会放下杯子来吻我，但是每当要更进一步的时候，她就会退缩，跷起二郎腿，拿起笔和酒杯。

"你这是在耍我。"我说。

"我没有，"她并不承认，"但是我想，你知道的，留到以后。"

"留到婚礼吗？"

"留到庆祝的时候。等我们拿到照片,等到我们成功的那天。你会成为英雄征服者,而我会在你的脚下投掷玫瑰。"

"玫瑰?"

"还有我自己。我想我们可以在匹尔波地酒店的套房里住上一段时间,除了看看鸭子之外,绝不迈出房门。你知道吗?我们还从没看到那些鸭子的招牌表演:摇摇晃晃地走过红地毯,嘎嘎叫个不停,你能想象吗?"

"你能想象他们清理地毯时会有多受折磨吗?"

她假装没听到我的话。"我很开心我们没有吃鸭肉,"她说,"不然的话,我们看起来就会像两个野人。"她直勾勾地盯着我。她已经喝了很多酒,量大到足以让一只六百磅的大猩猩昏迷,但她的眼神看上去和平常一样清醒。"其实,"她说,"我被你深深吸引,伯尼。但是我想再等等。你能理解,对吧?"

"我可以理解,"我严肃地说道,"如果我确定我还能回来的话。"

"你这是什么意思?"

"如果我能成为英雄征服者,那就太好了。"我说,"然后回来见你,还有玫瑰花铺在脚下,但是假如我回不来呢?我很有可能死在那里。"

"你是认真的吗?"

"想象一下,假如我是一个在珍珠港事件之后应征入伍的年轻人。霍利,如果你是他的女朋友,你让他等到战争结束之后。霍利,如果那个年轻人再也回不来了呢?如果他的尸骨会永远躺在南太平洋底的某个地狱里呢?"

"哦,我的天哪,"她说,"我从没想过这个。"她放下了手里的笔和笔记本。"你说得对,该死。我就是个只会戏耍别人的人,甚至比这还要糟糕。"她放下了跷着的腿。"我就是个不负责任的冷酷无情之人。哦,伯尼!"

"好了,好了。"我说。

猫王雅园每晚六点关门。周五下午五点半,一个名叫莫拉·贝丝·卡洛韦的女孩从她的旅行团里跑了出来。"我来了,猫王!"她大喊道,接着她低下头,全力奔向楼梯。在第一个警卫伸手拦住她之前,她已经穿过金色的绳索,踏上第六级台阶。

警铃响起,警笛开始轰鸣,现场一片混乱。莫拉·贝丝的眼神中充满疯狂,她嘴里不停地喊着:"他需要我,他需要我,他温柔地爱着我。把你的手从我身上拿开。猫王!我来了,猫王!"

莫拉·贝丝的钱包里有身份证明,上面写着她的名字和她在田纳西州米灵顿市的圣约瑟夫学院就读的信息——年龄是十七岁。但事实并非如此,其实她已经二十二岁了,是一位演员工会的成员，住在布鲁克林海岸。她的真实姓名也不是莫拉·贝丝·卡洛韦，而是罗娜·杰利科。而在罗娜·杰利科这个名字之前，她还可能有过别的名字，但是又有谁在乎呢？

在场的人乱哄哄的，其中有很多身穿蓝白衬衫和海军色斜纹裤的人，正尽力平息着莫拉·贝丝引发的骚乱，就在这时，游戏房里一对中年夫妇开始表演了。"救命！"男人掐着自己的喉咙大喊道。"救命！我不能呼吸了！"紧接着，他倒在了地上，张牙舞爪地挥动着双臂，拍打着墙壁。斯泰西告诉过我们，游戏房的墙面装饰着大约七百五十码长的皱褶织物。

"快来人，"他的妻子大喊着，"他不能呼吸了！他快不行了！他需要空气！"她跑过去打开了离他们最近的窗户，她的行为触发了余下的所有警报器——在此之前，莫拉·贝丝引起的骚乱已经使楼梯那里回响着警报声。

与此同时，在墙壁被刷成童子军制服那样鲜明的黄色和蓝色的电视房里，一只灰色的松鼠飞快地跑过地毯，现在正停留在点唱机上面。"快看！那里有只可怕的松鼠！"一个女人尖叫着，"快把那只松鼠抓起来！它会杀了我们所有人的！"

如果人们知道这只可怜的啮齿动物是通过她的手提包被带进猫王雅园的，而她又是趁着其他房间正在发生骚乱的时候把松鼠放出来的，那么这个女人的恐惧是不会让人信服的。然而，她的恐惧很有感染力，被影响到的人可并不是在演戏。

丛林房里，也就是猫王那张《忧郁深蓝》(*Moody Blue*)

专辑的录制地点，有个女人晕倒了。她是被聘请来假装晕倒的，但是其他免费的演员则像无头苍蝇一样在整个宅邸到处乱窜。而且，就在一切的骚乱发展到顶峰时，猫王雅园的上空响起了嘈杂的嗡嗡声，一架直升机在那里悬停了几分钟。

猫王雅园的安保人员无可挑剔。几乎是同一时刻，有两个人从值班室里跑出来，拿着一把伸缩梯，在极短的时间内把它支撑在建筑物的侧面。其中一个人扶着梯子，另一个人顺着梯子爬上了屋顶。

当他到达屋顶时，直升机发出"嘭嘭嘭"的响声，消失在西边。警卫人员绕着屋顶疯狂奔跑，但是并没有发现任何人。在接下去的十分钟内，又有另外两个人加入了他，展开了细致的搜查。他们发现了一只网球鞋，但是除此之外毫无收获。

第二天清晨四点四十五分，我回到了豪生酒店的房间，敲了敲霍利的门，但是并没有回应。我再次敲了敲门，这次的声音更响了一些，但是依然没有回应。我没有继续敲门，而是拨通了她的电话。我听见她房间里手机铃响的声音，但是很显然她并没有听到。

所以我动用了上帝赐予我的技能，打开了她房间的门。她正四仰八叉地躺在床上，衣服散落在四处，从放在电视机顶的苏格兰威士忌酒瓶上,一路散落到地上。电视依然开着,电视里一个穿着运动夹克、长着一口白牙的男人正在演示如何用信用卡套现,来购买低价股票。在我看来,这种生意比开着直升机到豪宅行窃还要冒险。

霍利并没有要醒来的意思,但是当我终于叫醒她的时候,她像机器人一样一下子就清醒了。上一秒她还在沉睡中,下一秒她就坐了起来,眼神明亮,满脸期待。"怎么样?"她问道。

"我把所有的胶卷都拍完了。"

"你进去了吗?"

"是的。"

"然后你又出来了?"

"没错。"

"而且你拍到照片了。"她开心地鼓起掌。"我就知道,"她说,"能想到请你帮忙,我真是个天才。哦,他们会给我一笔奖金,为我加薪,再提拔我。哦,我敢打赌,明年我就能分配到一辆公司的凯迪拉克,而不是垃圾的雪佛兰。哦,我要平步青云了,伯尼,我敢肯定我一定能好起来!"

"那太好了。"

"你的脚,"她说,"你怎么瘸了?哦,因为你只穿了一只鞋。你的另一只鞋哪儿去了?"

"我丢在屋顶上了。"

"天哪。"她说道。她从床上下来,捡起地上的衣服,穿到身上，一路顺着走到电视机前，拿起了上面的威士忌酒瓶，里面显然只剩下一口酒了。"啊哈，"她说着，喝光最后一口酒，"你知道吗，当我看到他们顺着梯子爬上去时，我以为你完蛋了。你是怎么脱身的？"

"很不容易。"

"我想也是。但你还是设法进了二楼？到了猫王的卧室？里面怎么样？"

"我不知道。"

"你不知道？你不是进去了吗？"

"当时漆黑一片。我藏在走廊的一个壁橱里，上了锁。他们对那个地方进行了彻底的搜查，但是没有人有壁橱的钥匙。我认为那个壁橱根本没有钥匙，我是用工具把锁撬开的。我大约在凌晨两点从里面出来，然后找到了通往卧室的路。一点点光线足够让我避免撞到东西，但是并不足以帮我分辨其他东西。我只是走来走去，拿着相机拍照。"

她想听更多的细节，但我想她并不是真的好奇。因为在我说话的时候，她拿起电话定了一张去迈阿密的机票。

"他们安排我坐十点二十分的航班，"她说，"我回去会立刻把照片送到公司，等照片洗出来之后，马上给你支票。你怎么了？"

"我不想要支票，"我说，"在没拿到酬金之前，我也不想把照片给你们。"

"哦，别这样，"她说，"看在上帝的分上，你要相信我们。"

"你们为什么不能相信我呢？"

"你是说在你给我们照片之前先把钱给你？伯尼，你是个窃贼。我怎么能相信你呢？"

"你们是《星系周刊》，"我说，"也没有人能相信你们。"

"你说的有道理。"她说。

"我们可以在这里把照片洗好，"我说，"我相信孟菲斯一定有不错的专业照相馆，他们可以处理红外线胶卷。首先，你打电话给你们的办公室，让他们申请电汇或者银行转账，然后你看到照片内容之后再付钱。如果你觉得这个办法不好，也可以先用传真发一张照片过去，等他们审核。"

"他们会喜欢这个办法的，"她说，"我的老板喜欢我用传真给他发送文件。"

"事情就是这样，"我告诉卡洛琳，"照片拍得非常漂亮。我不知道卢西安·利兹是从哪儿找来那些埃及文物的，但是它们和四十年代的沃利策唱片机，还有七英尺高的米老鼠雕像搭配起来非常棒。当霍利意识到米老鼠旁边的那个东西是个石棺时，她快高兴疯了。她甚至纠结该写哪个故事——到底是他被做成木乃伊放在了里面，还是他现在还活着，而且他是个怪人，会拿棺材当床。"

"或许他们可以进行读者投票。读者可以拨打九〇〇电话投票。"

"坐在直升机里，你根本想象不到直升机的噪音有多大。我只是放下梯子，再把梯子拉回来。然后在房顶丢了一只运动鞋。"

"然后，当你去见霍利的时候再穿上另一只。"

"没错，我觉得增加一点真实感也不错。直升机飞行员把我送回了机库，我搭车去了密西西比的房子。我在卢西安提前装饰好的房子里逛了逛，欣赏了一下，然后关掉了所有的灯，拍了照片。他们会选最好的照片刊登在《星系周刊》上。"

"而你，则拿到了报酬。"

"两万五千美元，真是皆大欢喜，我没有欺骗任何人，也没有偷任何东西。《星系周刊》拿到了宝贵的照片，这将会极大地增加他们报纸的销量。读者也可以一探他们从未见过的房间。"

"那猫王雅园的人呢？"

"他们经历了一次很好的安全演习，"我说，"霍利制造了一套绝妙的突发情况以掩护我潜入宅邸。当然，其实是掩护了我从未潜进去的这个事实，而且这件事应该能永远保密。大多数猫王雅园的人从没见过猫王的卧室长什么样子，所以他们会认为这些照片是真实的。极少数真正见过的人也只会认为我没有成功拍到照片,或者是照片不够吸引人眼球,所以《星系周刊》刊登了伪造的照片。稍微有点头脑的人都知道这个报纸上的东西是伪造的,所以有什么区别呢?"

"霍利是骗子吗?"

"不完全是。她只是她这类人的代表。当然,她那些看鸭子的周末幻想,已经烟消云散了。她想做的只有回到佛罗里达州,然后领取她的奖金。"

"那你提前拿到你的酬金是件好事。下次《星系周刊》再需要窃贼帮忙的时候,她还会来找你的。"

"好吧,我还会再接一次活儿的,"我说,"我妈妈一直希望我能从事新闻工作。如果我早知道这么有趣,就不会等这么久了。"

"是啊。"她说。

"怎么了?"

"没什么,伯尼。"

"别这样,说说看。"

"哦,我也不知道。我只是……希望你真的去了那里,拍到了真实的照片。他没准儿在里面呢,伯尼。我是说,不然他们为什么要费那么大阵仗不让人们进去呢?你有没有考虑过这个问题?"

"卡洛琳——"

"我知道,"她说,"你肯定觉得我疯了。但是有很多人和我一样,伯尼。"

"这是好事,"我告诉她,"如果没有你们,《星系周刊》哪里还办得下去呢?"

闻到烟味的贼

当我正准备再按一次门铃时,门开了。我本来以为开门的会是卡尔·贝勒曼,结果发现面前是一位神情严肃的女士,她有一头柔软的金发,高颧骨,看起来好像对生活反复失望,但又决不允许自己被它打败。

我自报家门,她点了点头示意她知道我。"罗登巴尔先生,"她说,"卡尔正在等你。他现在正在书房里看书,我不能打扰他。你可以到客厅里等,我给你倒杯咖啡。卡尔还有——"她看了眼手表,"十二分钟就会来见你。"

十二分钟之后刚好是正午,也就是卡尔约我到他家的时间。我从纽约乘坐火车,再坐出租车来到这里。我的运气还不错,提前了十二分钟到达,不过现在我只能耐心等待十二分钟。

我稍微有点不满,但并不惊讶。卡尔·贝勒曼可以说是全国最杰出的侦探小说收藏家之一,他从该类型最伟大的作品之一,雷克斯·斯托特[①]笔下无与伦比的尼禄·沃尔夫身上学

[①]雷克斯·斯托特(Rex Stout, 1886—1975),美国侦探小说作家。他在其最著名的作品中,塑造了一个喜爱种植兰花、体积超重、性格古怪的私家侦探——尼禄·沃尔夫这个角色。

到了经验。沃尔夫是个兰花爱好者,每天上下午都各要在兰花房里待上两个小时,其间任何人都不能打扰。现实生活中,贝勒曼并没有小说中的沃尔夫灵活,他在阅读上安排了更长时间,当他全身心沉浸在书中时,他既不会接待客人,也不会接电话。

那位金发女士带我到了一间布置得很好的客厅,她安排我坐的椅子也非常舒服。倒给我的咖啡也非常好喝,香醇浓郁,带着酒香。我拿起最新一期的《埃勒里·奎因神秘杂志》,读了半篇彼得·拉佛西的新故事,然后喝完了第二杯咖啡。这时,门打开了,卡尔·贝勒曼大步走了进来。

"伯尼,"他说,"伯尼·罗登巴尔。"

"卡尔。"

"你能来真是太好了。路上一切还顺利吗?"

"我从火车站坐出租车过来的。司机知道这里。"

他笑了。"我猜他也一定知道。而且我敢打赌,我知道他是怎么称呼这里的,'贝勒曼的蠢房子',对吗?"

"嗯……"我说。

"嘿,不用顾及我的感受。当地人都是这么说的。他们看这座房子的眼神里充满了轻蔑,他们无法理解这种风格过于华丽的建筑,这里既像莱茵河的城堡,又像阿尔卑斯山的小木屋。而且,单是这个图书馆就几乎占据了整个房子,就像一只完全被尾巴控制住的狗。你的那位司机可能只有一本书,那就是在他接受洗礼时收到的《圣经》，而且至今还未被翻开过。一个把房子以及生命的重要部分都奉献给书的人，无疑会被他们看作是个不可理喻的怪胎。"他的眼睛闪烁着，"虽然他们可能会用不同的措辞来形容。"

没错，他确实用了不同的说法。"那家伙就是个疯子，"司机非常自信地说，"看看他的房子你就明白了。他只用一支筷子吃饭。"

几分钟后，我和卡尔·贝勒曼一起吃午餐，桌上确实没有筷子。他用叉子吃饭，用起来很灵活，和书里的那位兰花爱好者一样。我们的午餐是猪里脊配烤土豆，还有炖花椰菜，贝勒曼一口气吃了两份。

我不知道他是怎么吃得下的。他是一位五十多岁的绅士，高高瘦瘦的，有一头铁灰色的头发，胡子的颜色比头发稍微深一些。即便是居家读书，他也打扮得相当讲究——领带、马甲、多尼戈尔粗花呢外套——不过我不会自作多情地认为他是因为我而这么打扮的。我有一种感觉，他一周七天都会穿成类似的样子，即便我得知他每天都系着黑色领带吃晚餐，我也不会感到惊讶。

吃午餐时，主要都是他在说话，谈论他读过的书，讲哈米特和钱德勒的相对优点，说他思考女性私人侦探的数量在小说中比现实生活中可能更多。整个过程并不需要我插话，贝勒曼夫人也没说过几句话，除了帮我们拿甜点（德国苹果蛋糕，口感轻盈，甜味带来的快感比复仇更甚）和倒咖啡之外（和之前我喝的那杯一样，不过换了一只新的咖啡壶，咖啡似乎变得更加浓郁、苦涩、强烈，酒香味也更重）。我和卡尔都不打算再吃第二块蛋糕，不过我们都说愿意再来一杯咖啡，卡尔向他的妻子点了点头表示感谢。

"谢谢，伊娃。"他说。她站起身，几乎是行了一个屈膝礼，然后离开了房间。

"她留下我们在这里喝喝白兰地、抽抽雪茄，"他说，"但是现在有点太早了，而且贝勒曼的城堡里是不允许人抽烟的。"

"贝勒曼的城堡？"

"我在开玩笑。几乎全世界的人都叫它贝勒曼的蠢房子，我为什么不能叫它贝勒曼的城堡呢？对吧？"

"有什么不能的呢？"

他看了一眼手表。"不过我可以带你参观我的图书馆，"他说，"然后你给我看看你带来的东西。"

对角的直梃将图书馆的门分成几十个菱形的区域，每一部分都带着镜面玻璃。这种设计并不常见，我问了一下它们是否为单向镜。

"你是说像警局里的那种?"他挑了挑眉毛,"联想到你的过去了吗,伯尼?不过不是的,它比警察对付罪犯用的那种玩意儿还要复杂。镜子的另一面——"他用指甲敲了敲其中一块,"是一英寸半厚的实心钢板。图书馆的墙壁本身都安装了加厚钢板,外墙是混凝土,用钢筋加固的。看看这把锁。"

这是普拉德锁,锁芯机制复杂得难以描述,钥匙则是独一无二的,并非随便一个锁匠就能复制。

"这是撬不开的,"他说,"锁具公司承诺。"

"我明白了。"

他把无可复制的钥匙插进了难以破解的锁中,打开了坚不可摧的门。里面是一个两层楼高的房间,有一座楼梯通向上层。图书馆和房子本身一样高,天花板有十八英尺高,呈太阳光放射状,由浅色和深色的木板镶嵌而成。地板上全铺着地毯,大部分是东方地毯的风格。墙面上——可想而知——是整面墙的书架,上面全都是书,没有画,没有中式姜罐,没有动物铜像,没有盔甲摆件,没有雪茄盒,没有全家福照片,没有彩色的手工雕版维多利亚瀑布,没有打猎的战利品,没有莱俪水晶雕像,也没有利摩日盒子。除了书以外什么都没有。偶尔会有青铜书立挡着书,但大多数的书都是从书架一端延续到另一端的,没有间断。

"都是书。"他虔诚地说道——他这话根本没必要说,我心想。我有一家书店，看到它们我肯定能认出是书。

"都是书。"我肯定地说。

"我相信它们很幸福。"

"幸福？"

"很惊讶吗？为什么物品不能有感觉，尤其是书这样敏感的物品？而且，如果书有感觉，它们应当感到幸福：被一个深爱它们的人拥有并呵护着，而且还被安置在一个精心设计的房间里，来确保舒适和安全。"

"看起来是这样。"

他点了点头。"北面的墙上只有两扇窗户，这样阳光就永远不会照进房间。阳光会让书脊褪色，还会让书皮上的油墨发白。阳光是书的敌人，不能让它照到房间里。"

"很不错，"我说，"我的书店朝南，街对面的建筑物挡住了一些阳光，但还是会透进来一些。我必须要确保那些好书放在阳光触不到的地方。"

"你应该把窗户涂成黑色，"他说，"或者挂上厚窗帘。或者同时做这两件事。"

"我喜欢看着街道，"我说，"而且我的猫喜欢在有阳光的窗边睡觉。"

他皱起了眉头。"猫？在一间满是书的屋子里养猫？"

"它的性格很安静，"我说，"即便在一个满是摇椅的屋子里，它也很乖。它是一只马恩岛猫，一只忠诚的工作猫。之前我店里的书总被老鼠咬坏,自从它住进来那天起,就再没有老鼠了。"

"没有老鼠能进这里,"贝勒曼说,"猫也不能,甚至连它们的毛和气味也进不来。霉菌也无法侵害我的书。你感受到空气了吗?"

"空气?"

"恒温十八摄氏度,"他说,"有点凉,但是对我的书来说是最适宜的。我穿了一件夹克,这个温度非常舒适。而且,你看,大部分的书也穿上了夹克——书衣!哈哈!"

"哈哈。"我附和道。

"湿度是百分之六十,"他接着说,"也是恒定的。过于干燥会导致胶水变干,过于潮湿会导致纸张腐烂。这里就不会出现这种情况。"

"那很让人放心。"

"我也是这么认为的。空气会经常过滤,这里不仅有空调,还有空气净化器,可以去除微小的污染物颗粒。再没有书能拥有比这里更安全、更舒适的环境了。"

我闻了闻空气:凉爽,不会过于潮湿,也不会过于干燥,现代科学足以达到的最洁净的程度。我用鼻子嗅了嗅,还闻到了一些别的气味。

"防火装置呢?"我问道。

"钢制墙体、钢制门、三层耐高温且防弹的玻璃窗。墙体、天花板和地板是特殊的绝缘材质。整栋房子都可能被烧毁，伯尼，但是这个房间里的所有东西不会受到影响，这是一个巨大的防火安全室。"

"但是如果室内发生火灾……"

"怎么可能发生火灾？我不在室内抽烟，也不会点火柴。这里没有存放油污抹布的橱柜，也没有装满腐烂干草的麻袋会突然自燃。"

"这倒没错，可是——"

"就算是真的发生火灾，"他说，"那也会在刚开始就被熄灭。"他做了一个手势，我抬头看到墙壁和天花板上有一些圆形的小金属装置。我问："是用来灭火的吗？之前有人来我店里推销过这个东西，我把他赶走了。虽然火灾对书来说是致命的，但是水也会让书严重损毁。而且这个小东西就像烟雾报警器，有时候会无缘无故地响起，如果是这样的话你怎么办？卡尔，我不敢相信——"

"拜托，"他举起一只手说道，"你觉得我是个傻子吗？"

"不是，但是——"

"你真的觉得我是用水来灭火的吗？我的朋友，你得相信我，我还是有点常识的。"

"我相信你，但是——"

"这里不会发生火灾，也不会被水损坏。我图书馆里的书会过得像蛞蝓一样安逸。"

"臭虫。"我说。

"什么？"

"像臭虫一样安逸，"我说，"我想应该是这个表达。"

他耸了耸肩，我想，他就像个伸懒腰的臭虫一样。"但是我们没时间学语言表达了，"他说，"两点到六点之间我要待在图书馆里，我要和我的书待在一起，现在已经一点五十了。"

"你已经在图书馆里了。"

"一个人，"他说，"只要我的书陪着我就够了。所以，你带了什么给我？"

我打开我的手提箱，拿出了一个带衬垫的信封，像小杰克·霍纳[①]一样伸手进去，然后拿出了一个"宝贝"。我抬头看到贝勒曼没来由地流起了口水，真是让人大开眼界。一个不过一个小时前才刚刚吃过一顿大餐的男人在流口水，一个人又能有几次机会见这种场面呢？

他伸出手，我把书放到了他的手里。"《矛头蛇》，"他虔诚地说道，"尼禄·沃尔夫初次登场的作品，整个系列中最稀有、最令人渴望的一本。我很难说这是最好的小说，斯托特用了很多本书来丰富沃尔夫的性格，并且雕琢阿奇·古德温叙事的边界。但是这本书的光彩之处从一开始就显现了出来，就像珍宝。"

[①] 小杰克·霍纳，宝宝巴士的一首童谣。小杰克·霍纳是个坐在角落，从口袋里拿出李子，乖乖吃东西的小孩。

他把书翻过来，检查了前后的防尘封面。"当然，我已经有一本了，"他说，"我的那本是带有防尘封面的初版。这个防尘封面比我手里的那本好看。"

"这本很不错。"我说。

"完美无瑕，"他认同道，"或者说几近完美无瑕。我的那本有几处磨损，很不幸有些地方还被撕裂了，不过用胶带修复得很好，几乎是完美品相。"

"没错。"

"不过防尘封面并不是最重要的，不是吗？这是特别版。"

"是的。"

他打开书，用大手轻柔地翻着书页。他翻到了扉页，然后读道："送给富兰克林·罗斯福总统，带着对更加光明未来的殷切期望。来自雷克斯·托德亨特·斯托特最真挚的问候。"他用食指轻轻地摸了摸签名的部分。

"这是斯托特的字迹，"他确认道，"他并没有签过很多书，但是我藏书丰富，可以确认这是他的亲笔签名。而且，这是最棒的联动了，不是吗？"

"可以这么说。"

"我就是这么认为的。斯托特是一个自由民主党人，最终成了世界联邦主义者。罗斯福总统，就像现任总统一样，是侦探小说的忠实粉丝。似乎总是民主党总统喜欢阅读好的侦探小说。而艾森豪威尔喜欢西部小说，尼克松喜欢历史和人物传记。然而里根,我不知道他会不会看书。"

他叹了口气,然后合上了书。"古尔本基安一定会为失去这本书而感到遗憾。"他说。

"我想是吧。"

"一年前,"他说,"当我听说他遭遇入室盗窃,被偷走的是他最好的一批藏书时,我很好奇是什么样的小偷,竟然知道哪些是值钱的。当然,我想到了你。"

我没有说话。

"再跟我说一下你的报价,伯尼。我有点忘了。"

我说了一个数字。

"不便宜。"他说。

"这本书是独一无二的。"我说道。

"这我知道。而且我还知道,我永远都不能拿它出去炫耀。我不能让任何人知道它在我手里。只有你和我知道它在我这里。"

"这将会是我们的小秘密,卡尔。"

"我们的小秘密。我甚至不能为这本书买保险。至少古尔本基安为它买了保险,对吧?但是他永远也不能换回它了。你为什么不把这本书再卖回给他呢?"

"我会的,"我说,"如果你决定不要的话。"

"我当然想要!"他原本可能还想说点什么,但是他看了一眼手表,手表的时间提醒了他。"两点了,"他一边说着,一边示意我离开这里,"伊娃会为我准备下午茶咖啡。我确定你会原谅我的,我要独自和我的书度过下午的时间。包括最新的这本宝贝。"

"爱惜它点儿。"我说。

"伯尼!我不会读这本书的。如果我想重读一遍《矛头蛇》,我有很多其他的版本。我想抱着它,和它待在一起。等到六点钟的时候,我会来完成我们的这次交易,然后请你吃一顿和刚才的午餐一样美味的晚餐。之后你就可以回家了。"

他把我送出门口,片刻后他又消失在了图书馆里,走的时候手里拿着一只托盘,托盘上放着一只你会在火车上见到的那种银质咖啡壶,还有一个杯子,一些糖和奶油,一盘黄油甜酥饼干。我站在大厅里,看着图书馆的门关上,听着锁芯转动和门闩入位的声音。然后我转过身,看到了卡尔的妻子,伊娃。

"我想接下来的四个小时他真的会一直待在这里。"我说。

"他一直都是这样的。"

"我想出去兜兜风,"我说,"但是我没有车。我想我可以出去散散步。今天的天气非常不错,阳光明媚。当然,你的丈夫不让阳光照进图书馆,但是我想他应该不会阻止它照到别的地方吧。"

我的这句话逗笑了她。

"早知道这样的话，"我说，"我就带些书来读了。虽然这座房子里有上千本书，但是它们都被卡尔锁起来了。"

"并不是所有的书，"她说，"我丈夫的藏书仅限于一九七五年以前出版的，以及他非常喜欢的作家的近作。但他也会买其他的当代犯罪小说，并且放在房子的各个角落。客房书柜上的藏书也很丰富。"

"这真是个好消息。说到这个，我刚刚正在读一本杂志。"

"《埃勒里·奎因》是吗？跟我来，罗登巴尔先生，我——"

"叫我伯尼就好。"

"伯尼。"她说道，她的脸微微红了起来，脸上危险的颧骨从象牙白色变成了贝壳内壁的粉红色。"我带你到客房去，伯尼，然后把你读过的杂志拿给你。"

客房在二楼，玻璃书柜里确实塞满了最近的犯罪小说。我正沉浸在杰里米亚·希利的卡迪系列小说的开头，伊娃·贝勒曼敲了敲半开着的门走了进来，手里拿着一个应该是她丈夫用的托盘。托盘上有装着咖啡的银色咖啡壶，镶金边的骨瓷杯和茶碟，还有一只配套样式的装着黄油甜酥饼干的盘子。和它们一起的，是我之前读过的那本《埃勒里·奎因》杂志。

"你真是太客气了，"我说，"不过，你应该再拿一只咖啡杯，我们可以一起喝。"

"我已经喝了不少咖啡了，"她说，"不过，你不介意的话，我可以陪你聊几分钟。"

"我很乐意。"

"我也是，"她说着，绕过我的椅子，坐在了船长床狭窄的床边，"很少有人能陪我。村子里的人都和我们保持距离。而卡尔有他的书陪他。"

"而且他总把自己和书锁在一起……"

"上午三个小时，下午四个小时。到了晚上他又要处理邮件并回电。你知道，他已经退休了，但是他仍然需要做一些投资决策和处理一些业务。当然，还有书。他总是在不停地买书。"她叹了口气，"恐怕他很难有时间能陪我。"

"你一定很难熬。"

"很孤独。"她说。

"我可以想象得到。"

"我们几乎没有共同之处，"她说，"有时候我真的很好奇他为什么会娶我。他的生活有书就够了。"

"你对书一点儿都不感兴趣吗？"

她摇了摇头。"我没有那个头脑，"她说，"线索、时间线，还有复杂的谋杀手法。这就像没有铅笔去做填字游戏一样，或者比这更糟糕——就像在黑暗里拼拼图。"

"而且还戴着手套。"我补充道。

"哦，太好笑了！"我的话好像并不足以让她笑得那么开心。她一边笑着一边把一只手放在了我的胳膊上，"但是我不应该拿书开玩笑。你自己就是一个书商，也许书也是你生活的全部。"

"并不是我生活的全部。"

"是吗，还有什么会让你感兴趣吗？"

"美丽的女人。"我说得有些鲁莽。

"美丽的女人？"

"像你一样的女人。"我说。

相信我，在我原本的计划里，并没有这些。我本来打算先读完拉弗西的故事，然后再拿着希利的书蜷缩在一边，等卡尔·贝勒曼从他的巢穴里出来，然后为他认为是我偷来的书付一大笔钱。

实际上，我拿给他的《矛头蛇》是通过合法途径获得的——或者说是几乎合法的。我从没有想过要潜进尼扎尔·古尔本基安在河谷镇的田野石屋。古尔本基安不仅仅是我的朋友，他还是我尊贵的客户，当我得知他的宝贝藏书失窃的时候，我赶紧给他打了电话。我向他承诺会好好留意，如果他的任何藏书出现在灰市或者黑市上，我都会告诉他。

"你真好，伯尼，"他说，"我们改天再来谈谈这个。"

接着，几个月后，我们真的一起谈了这件事——我得知他家并没有遭遇入室盗窃。古尔本基安用锤子砸开了自己家的前门，洗劫了自己保金最高的图书馆，然后把最珍贵的书藏了起来（他心里依然惦记着它们），之后他报了警，从保险公司那里获得了赔偿。

他当时需要钱，这当然是个能得到钱的好方法，而且不需要用他珍爱的书做代价。但现在他需要更多的钱，因为像他这样的人经常会需要钱，他的手里有一箱他不能合法拥有，不能拿给朋友看，更不能公开展示的书。他同样也不能卖掉它们，但是别人可以。有些人会认为这些书被偷走了，被某些像我一样的窃贼偷走了。

"伯尼，这对你来说将会是世界上最简单的事情，"老尼扎尔说道，"你不用闯入或者潜入任何地方。你也不需要到河谷镇来。你所要做的就是卖掉这些书，我很乐意支付售价的十分之一给你。"

"五成。"我说。

经过长时间谈判，我们最后达成了一致，给我三分之一。晚些时候，当我们一起喝酒时，他承认他原本可以给我四成，而我承认我本来只要两成就够了。他把书带给我，而我明白应该先卖哪些书、卖给哪些人。

这本原属于罗斯福的《矛头蛇》就是其中之一，也是最有辨识度的一本。卡尔·贝勒曼很可能会为它支付最高的价格，他也是最不会介意此书的非法来源的人。

你可能听人说过这样一句话，有人宁愿偷一块，也不愿意赚十块。(这句话真的有出处,不是我瞎编的。)卡尔·贝勒曼就是这样的人,他宁愿用一千元的价格买一本偷来的书,也不愿意支付一半的价格通过合法渠道来购买。我过去曾经卖给过他一些东西,有些是偷来的,有些则不是,而这本来源可疑的书最让他着迷。

因此,在他看来,我从合法所有者手中偷走了这本《矛头蛇》,而书的主人如果知道它现在在哪儿一定会被气死。但我更清楚地知道——古尔本基安会欣然接受我从贝勒曼那里得来的那三分之二,而且他会清楚地知道这本书的去向,以及它是如何被卖出去的。

从某种意义上讲,我在忽悠卡尔·贝勒曼,但这并不违反我灵活的道德准则。然而,滥用他热情待客的好意,调戏他年轻迷人的妻子则完全是另一回事了。

不过,我能说什么呢?人无完人。

事后,我躺在枕头上,试图弄明白到底是什么会让一个男人选择坐在一张皮椅上,待在一间满是书的房间里,而不是一张躺着金发美女的舒服的床上。我惊叹于人性的变幻莫测,这时伊娃抚摸着我的胸口,让我喝杯咖啡。

咖啡真的很不错,在我们中途休息的时候,咖啡也同样受欢迎。饼干也很好吃。伊娃拿了一块,但是并没有喝咖啡。

她说，如果她在午饭之后喝咖啡，晚上就会失眠。

"咖啡不会让我失眠，"我说，"实际上，这东西好像会产生相反的效果。我喝得越多，越想睡觉。"

"也许是我让你有些困了。"

"有可能。"

她贴近我，用她身上最有趣的部位紧紧地贴在我身上。"也许我们应该闭上眼睛休息一会儿。"她说。

而下一件我知道的事情，就是她把手放在我的肩上，不停地摇着想要叫醒我。"伯尼，"她说，"我们睡着了！"

"我们睡着了？"

"你看看时间！已经快六点了，卡尔随时会从图书馆出来。"

"糟糕。"

她已经下了床，正在穿衣服。"我先下楼，"她说，"你可以慢慢穿衣服，只要我们不一起下楼就好。"接着，在我想要说什么之前，她就已经离开了房间。

我有种想要闭上眼睛再次睡过去的冲动。但我强迫自己从床上起来，快速地冲了个澡，赶走了昏昏沉沉的感觉，然后穿好衣服。我站在楼梯的最上方，静静地听着，希望不会听到任何愤怒的声音。但我什么声音都没听到，无论是愤怒的，还是其他的。

外面很安静，我心想着，就像西部片中的许多配角一样。然后这个想法又回到我的脑海里，就像西部片中的很多英雄一样：是啊……有点儿太安静了。"

我走下楼梯，转过一个弯，撞上了伊娃。"他还没出来，"她说，"伯尼，我很担心。"

"可能他着迷得忘了时间。"

"不可能。他就像瑞士手表一样准时，而且他也戴着一只瑞士手表，并且会时不时地看时间。每天六点他都会从里面出来。现在已经过去十分钟了，他在哪儿呢？"

"也许他已经出来了，然后——"

"然后什么？"

"我也不知道。也许他开车去镇上买报纸了。"

"他从来不会这样。而且车还在车库里。"

"他可能去散步了。"

"他很讨厌散步。伯尼，他还在里面。"

"好吧，我想他有权利这样做。那是他的房间和他的书。如果他想留在里面——"

"我担心他出事了。伯尼，我刚刚敲过门。我敲得很大声。你在楼上听到声音了吧？"

"没有，但我可能听不到。我一直在楼上，而且中间我还洗过澡。他在里面没有回应吗？"

"没有。"

"好吧，我想可能是因为隔音效果太好。也许他没听到你敲门。"

"我之前也敲过门，他就能听到。"

"也许他刚才也听到了，只是不想回应你。"为什么我会说出这么多反对她想法的话？也许只是因为我不想让自己觉得发生了任何值得担心的大事。

"伯尼，"她说，"如果他生病了呢？如果他突发心脏病了怎么办？"

"这也有可能，不过——"

"我想我应该报警。"

也许是因为我的身份带来的特殊视角，我从不觉得报警是个好主意。现在我也依然不乐意，因为我身上还有盗窃的物品和犯罪的记录，更不用说几个小时前我在楼上客房得到的愧疚感了。

"不要报警，"我说，"现在先不要。我们先去确认一下他是不是在睡觉，或者是看书太入迷了。"

"怎么确认？门是锁着的。"

"有备用钥匙吗？"

"就算真的有，他也不可能告诉我放在哪里了。只有他自己能接触到他那些宝贵的藏书。"

"窗户。"我说。

"窗户打不开。那是三层防弹玻璃，而且——"

"而且就算是攻城锤也不可能攻破它，"我说，"他都跟我讲过。不过透过窗户你能看到里面，对吗？"

"他在里面，"我说，"至少他的脚还在。"

"他的脚？"

"里面有一把大皮椅，背对着窗户，"我说道，"他是坐在椅子上的。我看不到他身体的其他部分，但是我能看见他的脚。"

"脚在干什么？"

"伸在椅子前面，"我说，"脚上穿着鞋，别的看不到了。只看见脚不足以说明情况，对吧？"

我握拳敲打窗户。我不知道我期望那双脚能怎么回应我，但是它们就待在原地一动不动。

"警察，"伊娃说，"我最好报警。"

"先不要。"我说。

毫无疑问，普拉德锁是精良的锁。并且用了非常先进的技术。但是我不知道他们怎么敢自诩是"防撬锁"的，当我第一次在它们的广告中看到这个词的时候，我就理解亚历山大听到戈尔迪乌姆结①时的感觉了。防撬锁吗？那我们来试试看吧！

---

①戈尔迪乌姆结，这里源自西方传说，神谕说，只要有人能解开戈尔迪乌姆结，就会成为亚细亚之王。亚历山大大帝对这个结很感兴趣，命人去看，结果并没有发现绳头和绳尾，他知道用常规的方法不可能解开，所以拔出宝剑，斩断了绳结。

图书馆门上的锁很难对付，但是我一直随身携带着一套撬锁工具，并且从不离身，我用这些工具（还有上帝赐予我的天赋）来开锁。

然后门开了。

"伯尼，"伊娃瞪大了眼睛，"你是在哪里学的这个？"

"做童子军的时候，"我说，"如果你做得好的话，他们会给你颁发荣誉徽章。卡尔？卡尔，你还好吗？"

他坐在椅子上，现在我们不仅仅能看到他完好地穿着鞋的脚了。他的手放在膝盖上，拿着一本威廉·坎贝尔·高尔特的书。他的头向后仰着，闭着眼睛。他看起来像是一个看书看困了，坐在那里打瞌睡的人。

我们站在那里看着他，我花了一会儿时间闻了闻空气中的气味。我第一次来到这个不同寻常的房间里时闻到过什么味道，但是现在我闻不到了。

"伯尼——"

我低下头扫视地面，目光扫过深红色的宽幅地毯，和铺在那上面的块状地毯。我单膝跪在一小块波斯地毯旁边——如果要我猜的话，它来自大不里士[①]，但作为一个好窃贼，我对它的了解还不够。我仔细地看了看这块地毯，伊娃问我在做什么。

---

①大不里士，伊朗阿塞拜疆地区的城市。

"只是在帮忙而已,"我说,"你的隐形眼镜掉了吗?"

"我从不戴隐形眼镜。"

"我的错。"我说道,然后站起身,走到皮椅旁,伸出一只手放在卡尔·贝勒曼的额头上。不出所料,他的额头是凉的。

"他这是——"

我点了点头。"你最好报警。"我说。

负责这片区域的警官是埃尔默·克里滕登,他身材矮胖,穿着卡其色夹克。他不时警惕地看着书架,好像担心有人会要求他把所有的书都读个遍。我猜他对书的了解要比对尸体的了解少。

"可能是死于心脏病,"他说,"这种情况一般都是这样。他有没有说过自己胸痛?左臂上下像是被枪打到一样地疼痛?有吗?"

伊娃说没有。

"可能他有过这种感觉但是并没有说,"克里滕登说,"或者他没有提前感觉到不适。从他的坐姿来看,我想整个过程可能很快。可能他闭着眼睛打了个小盹儿,就在睡梦中去世了。"

"只要他没受苦就好。"伊娃说。

克里滕登掀起卡尔的眼皮,眯着眼睛,检查了尸体的几处部位。"看起来像是这样,"他说,"他像是被闷死的,但是我想不会有什么花斑鸟会从窗户冲进来,用枕头压住他的脸。除非是我猜错了,不然这会被认定为心脏病突发。"

我看着克里滕登、伊娃和高高的天花板上的太阳光放射形图案,以及地上我猜大概是大不里士的地毯,然后又看了看卡尔,这位完美的藏书家,椅子边放着罗斯福的《矛头蛇》。他是我的客户,而且就坐在我带给他的那本书的旁边去世了。我应该就让他这么安静地离去吗?还是说我要在这件事里发挥什么积极作用?

"我想你是对的,"我告诉克里滕登,"我认为他是被闷死的。"

"你为什么会这么说,先生?你连他的眼睛都没看清。"

"但是我相信你的眼睛,"我说,"我也并不认为这是花斑鸟干的。"

"哦?"

"这很经典,"我说,"考虑到卡尔对侦探小说的热爱,他可能希望自己死在一间封闭的房间里。而且这可不是普通的封闭的房间,而是一个由防撬的普拉德安全锁保护的房间,除此之外墙壁还是钢质的,窗户也打不开。"

"这里比诺克斯堡更严密。"克里滕登说。

"没错,"我说,"尽管如此,他还是被谋杀了。"

"他是被闷死的,"我说,"如果实验室把他带走做尸检,让他们也检测一下哈龙气①。除非他们检测,不然可能查不出来。"

"我从没听说过这个。"克里滕登说。

"大多数人都没有听说过,"我说,"曾经在新闻里出现过,当时它被装置在地铁售票亭里,因为发生过一些煽动性的伤害售票员的事件,喷洒一些易燃物质,他们就会被烧成焦炭。哈龙气是为了在火灾发生之前遏制火势。"

"它的工作原理是什么?"

"它会替换房间里的氧气,"我说,"我并不是科学家,我不是很清楚它具体的原理,但是效果和你说的那只大花斑鸟差不多——用枕头闷死人的那只。"

"这确实符合死者特征。"克里滕登说,"但是要怎样把哈龙气带进来呢?"

"它已经在这里了。"我说。我指向墙壁和天花板上的小金属装置。当我第一次见到它们的时候,我以为贝勒曼安装的是传统的灭火系统,我简直不敢相信。因为相比于火,水对书来说更麻烦,很多图书馆就是因为意外触发灭火系统而被毁的。我跟卡尔说到这个想法时,他差点儿要把我的头咬下来,并且明确表示他不可能让他珍贵的藏书遭到水的破坏。

---

①哈龙气,属于一类称为卤代烷的化学品,主要用于灭火药剂。

"所以我明白了。这些喷嘴装置是被设计用来喷洒气体而不是液体的,毫无疑问其中喷出的气体就是哈龙气。我听说现在一些图书馆正在准备安装更好的装置,就是哈龙气,但我只认识一个在私人图书馆里安装这个的人,就是卡尔。"

克里滕登爬上梯子,观察其中一个喷嘴。"就像洒水头一样,"他说,"我本来是这么认为的。它是怎么被触发的?热传感器吗?"

"没错。"

"你刚才说是谋杀。那就说明是有人触发了这个装置。"

"是的。"

"通过在这里放火吗?那比放进一只花斑鸟的手段更高明。"

我说:"只要通过加热传感器到足以触发装置的温度就可以了。"

"怎么做到的?"

"我早先在这里的时候,"我说,"闻到了一丝烟味。烟味很微弱,但绝对是有的。我想这就是我当时会询问卡尔防火装置的原因。"

"然后呢?"

"当我和贝勒曼夫人进入这里发现尸体的时候,气味已经消失了。但是我之前注意到地毯上有个变色的斑点,我弯下腰仔细看了看。"我指了指大不里士地毯(现在回想起来,它很可能是伊斯法罕地毯)。"就在那儿。"我说。

克里滕登跪在我指的地方，用两根手指擦了擦那个斑点，然后放在鼻子下面闻了闻。"烧焦了，"他说道，"但这儿只有一点。如果想要触发那个高处的热感应器，需要的温度远比这个要高。"

"我知道。那只是一个测试。"

"测试？"

"谋杀方法的测试。怎样升高一个你无法进入的房间的温度？你不能开门，也不能打开窗户。怎么才能产生足够高的温度，以至于触发灭火装置呢？"

"怎样？"

我转身面对伊娃。"跟他说说你是怎么做到的。"我说。

"我不知道你在说什么，"她说，"你疯了吧。"

"你不需要火。"我说，"甚至不需要很高的温度。你只需要将足够的热量直接传递到热传感器并触发响应。如果你能在一个很高的地方做到局部加热，甚至不会明显提高整个房间的温度。"

"继续说。"克里滕登说。

我拿起一个象牙柄的放大镜，在房间里放几个这样的放大镜是出于某种策略。"当我还是童子军的时候，"我说，"他们并没有教我如何开锁。但是他们非常擅长生火：打火石，摩擦生火那一套，还有那个老方法，用放大镜聚集光线，把强烈的光线集中在易燃物上。"

"窗户。"克里滕登说。

我点了点头。"窗户朝北,"我说,"所以阳光不会直射进来。但是你可以站在离窗户几英尺的地方,用镜子反射阳光,然后倾斜镜子,让光线通过放大镜反射进入房间。你可以把光反射到房间里的任何一个物体上。"

"比如热传感器。"

"最终是这样的,"我说,"但首先,你得确保这个办法有用。你不能事先就在热传感器上做实验,因为触发装置之前,你并不知道它是否行得通。在此之前,你不能确定窗户玻璃的厚度是否会对整个过程有影响。所以需要提前测试一下。"

"那就解释了地毯烧焦的原因,对吧?"克里滕登弯下腰又看了一眼地毯,然后抬头看向窗户。"只要你看到一丝烟雾,或者一点烧焦的痕迹,就能知道这个办法行得通了。你也可以大概知道需要多长时间才能将温度升到足够高。如果能让温度达到足以烧焦羊毛的程度,就可以触发热传感装置了。"

"我的天,"伊娃大喊道,她迅速适应了新的情况,"我本来以为你疯了,但是我现在知道这是怎么做到的了。可是谁会做这种事情呢?"

"哦,我不知道,"我说,"我想一定是一个住在这里的人,她熟悉图书馆并且了解哈龙气,还是一个能从卡尔·贝勒曼的死中获得财产的人。也许是某个被丈夫忽视、被视为保姆的人,她可能觉得在卡尔心爱的书房里杀死他有着诗一般的正义。"

"你不是在说我吧,伯尼?"

"好吧,既然你这么说……"

"但是我当时和你待在一起!吃午饭的时候卡尔和我们一起。后来他进了图书馆,我带你去了客房。"

"你确实带我去了客房,这没错。"

"而我们当时在一起,"她说道,羞涩地低下了头,"虽然在我的丈夫去世之后说这些事情很羞耻,但是我们一直在床上待到快六点,才下楼发现了尸体。你可以作证,对吧,伯尼?"

"我可以发誓我们一起上床了,"我说,"但是我只能保证我自己是在床上睡到了六点,除非期间我在梦游。但是我当时睡得很沉,伊娃。"

"我也一样。"

"我不这么认为,"我说,"那壶咖啡你一口都没碰,你说是因为喝了咖啡晚上会睡不着。好吧,但它却让我睡着了。我认为那里面应该加了一些东西,这就是你不肯喝咖啡的原因。我想你拿给卡尔,让他带进这里的咖啡壶里应该加了更多的东西,这样他就可以在你释放哈龙气的时候安然入睡。等到我睡着后,你拿着镜子和放大镜到这里加热传感器并且引发了灭火装置,之后你回到了床上。哈龙气会在几分钟之内发挥作用,并且还不会发出警报声,即使卡尔睡得并没有那么沉也没关系。哈龙气无色无味,空气过滤器会在一个小时内就把它全部排走。我认为他的体内会有哈龙气的残留,以及与那两个咖啡壶里的残留物中相同的安眠药的成分。我认为这足以把你送进监狱。"

克里滕登也是这么认为的。

当我回到城里的时候,留言机里有一条留言,让我给尼扎尔·古尔本基安回电话。虽然已经很晚了,但是他听起来很着急。

"有个坏消息,"我告诉他,"我差点儿就要把那本书卖掉了。然后他把自己锁在图书馆里,和雷克斯·斯托特还有富兰克林·德拉诺·罗斯福的灵魂交流,下一秒他们就在一起了。"

"你是说他死了?"

"他的妻子杀死了他,"我说,然后又把整个故事跟他讲了一遍,"所以这就是坏消息,虽然和贝勒曼家相比,这个消息对我们来说并没有那么坏。我又把书拿回来了,我确定我能找到买家。"

"啊,"他说,"好吧,伯尼,我为贝勒曼感到难过。他是个真正的读书人。"

"没错,他确实是。"

"但是除此之外,你的坏消息是好消息。"

"是吗?"

"没错。因为我改变了对这本书的想法。"

"你不打算卖掉了?"

"我不能卖掉它,"他说,"把它卖掉就像要剥离我的灵魂一样。而现在,谢天谢地,我不用卖掉它了。"

"哦?"

"还有更多好消息,"他说,"一笔大生意,赌注很大,但是回报很高。我不跟你说过多的细节了,总之结果非常好。如果你真的卖掉了那本书的话,我现在会请求你再把它赎回来。"

"我明白了。"

"伯尼,"他说,"我是个收藏家,我对这些东西非常地热忱,就像可怜的贝勒曼一样。我永远都不想卖掉它们,只想丰富我的收藏品。"他长出了一口气,很明显对前景感到乐观。"所以我想要回那本书。不过当然,我会按照约定照常支付你的佣金。"

"我不能接受。"

"那你不是白费力气了吗?"

"不完全是。"我说。

"哦?"

"我猜贝勒曼的图书馆最终会被拍卖掉，"我说，"伊娃无法继承，但是会有一些侄子或者侄女得到一笔可观的遗产。而且那场拍卖会上会有一些精美的书籍。"

"当然。"

"但是其中一些最有价值的书并不包含在内，"我说，"因为它们不知怎么的，和《矛头蛇》一起跑到了我的公文包里。"

"伯尼，你是怎么做到的？房间里躺着一具死尸，一个被拘留的杀人犯，还有一名警察在场？"

"贝勒曼给我展示过他最珍贵的宝贝，"我说，"所以我知道应该拿走哪些，也知道它们放在哪里。而克里滕登并不在意我对那些书做了什么。我告诉他我想拿点书在火车上读，他耐心地等我选了八到十本书。没错，这是一趟长途旅行，我想他一定认为我是个读书很快的人。"

"把它们带来，"他说，"现在就过来。"

"尼扎尔，我太累了，"我说，"而且你住在河谷镇。我明天一早就去，行吗？等我到了你那儿，你跟我好好讲讲怎么分辨大不里士和伊斯法罕地毯。"

"它们完全不像，伯尼。怎么会有人把它们弄混呢？"

"那你明天帮我好好鉴定一下，好吗？"

"好吧，没问题，"他说，"但我讨厌等待。"

收藏家！谁能不爱他们呢？

收藏哥白尼的贼

雷·基希曼,这位用钱能买通的最好的警察,正挤过一堆一堆的书,走到我面前。他靠在柜台上,说:"哥伯尼的案子和你有关。"

"哥伯尼?"

"那个用望远镜的波兰人。他说地球是围绕着太阳转的。学校里的每个孩子都知道,怎么了?"

"哦,哥白尼,"我说,"我想最先提出这个观点的人是哥白尼。"

"他写了一整本书,讲述地球围绕着太阳转这件事,伯尼。全世界只剩下二百六十本了,每本都价值四十万美元。而有人在盗窃这些书。"

"我看到过这个案子,"我小心地说道,"有件事可以考虑一下,雷。如果你把这些书的总价值乘起来,就会发现全世界剩下的《天体运行论》价值九千四百万美元[①],而地球和太

[①] 原文为 $94million,此处依据原文如实翻译。等于 235 本的价值。

阳之间的距离是九千三百万英里。"

"伯尼——"

"是巧合吗,雷?我不这么认为。"

他看了我一眼。"到目前为止,已经有七本书被偷,"他说,"最少有七本。这些书从全世界各地的图书馆和学院里消失了。在基辅,小偷假扮成了警察。"

"这也太糟糕了。"我说。

"伯尼,"他说,"当我打开旧电脑,然后输入'古老书籍'和'重大盗窃'的时候,总是会出现伯尼·罗登巴尔的名字。"

"也许你应该更新升级一下,"我建议道,"也许这是软件的问题。雷,为什么会有人想盗走哥白尼的书呢?你又不可能卖掉它。而且,即使真的有客户,比如一个富有的收藏家,他也只会把它放在自己的保险箱里,不给任何人看,而且只要有一本就够了。没有理智的人才会把这些书全部偷走。"

我并不认为我说服了他,但他最终还是走了,到别的地方执法去了。而下一个进门的人是我的新朋友,伊凡·谭纳。"你起得真早。"我说。

他看了我一眼。自从一块朝鲜弹片破坏了他大脑里的睡眠中枢后,谭纳就再没有睡过觉。他应该已经六十多岁了,但他在冷冻食品储藏室里度过了二十五年,所以现在看起来只有四十多岁。

"哥白尼。"他沉重地说，然后开始谈论起平面地球学和球状地球悖论。谭纳是地平论学会的成员。

"日心说必须被杜绝，"他说，"如果我们想要让自己感到舒服的话，我们需要的是一个位于宇宙中心的平坦的地球。好了，罗登巴尔，你有这本书吗？"

贼眼里的贪婪

我走到东十一街的巴尼嘉书店,和我最喜欢的书店老板伯尼·罗登巴尔聊天。他在低着头看书,而他的猫则正躺在窗户边晒太阳。店里唯一的顾客是一个打了很多耳洞的年轻女子,正在读一本圣塞巴斯蒂安[①]的传记。

"我听说二手书生意最近很火爆,"我说,"你一定赚了不少钱吧。"

他瞥了我一眼。"时好时坏吧,"他说,"有时候会来个真正要买书的客人。幸好,我不用完全依靠这个来谋生。"

他也不用付租金,因为他是最后一个雅贼,他用那份工作的所得买下了这栋楼。我很认真地跟他说,现在很多人在网上卖书赚到了大钱。他不是也可以这样做吗?

"可以,"他说,"我可以在eBay上列出我的所有库存,花点时间把书包起来,并把它们送到邮局。我可以干脆关掉

[①]圣塞巴斯蒂安(Saint Sebastian, 256—288),天主教的圣徒。

店铺,当手里有一台电脑和调制调解器的时候,谁还需要零售书店呢?但我开这家店不是为了赚钱。我是为了拥有一家书店,并从中获得快乐,偶尔认识一些女孩。你看,我并不贪心。"

"但是你会偷东西。"我说得很直接。

他皱了皱眉头,抬起下巴指向那位圣塞巴斯蒂安的狂热粉丝。"那不是为了发财,"他说,"只是为了渡过难关。我并不想变得有钱,你知道,因为那只会让我变成一头贪婪的猪。"

"你是说有钱人都贪婪吗?"

"他们并不一定从一开始就是这样,"他说,"但事实上好像确实会变成这样。看看那些薪水有八位数的CEO,你付给他们的钱越多,他们想要的也就越多。等到公司破产的时候,他们再带着自己的黄金降落伞安然降落,接着去寻找另一家企业,看看棒球行业就知道了。"

"棒球?"

"美国过去就是这样的,"他说,"球员们过去在淡季还需要找工作来维持生计。所有的球队老板都是有钱人,但他们参与运动是为了运动本身。他们并不指望靠这个赚钱。"

"然后呢?"

"现在球员们的平均年薪大概是两百万美元,而球队老板们的投资价值已经增长了五到十倍,每个人都变得有钱了,所以每个人都变得贪婪了。这就是为什么我们今年秋天会罢工。因为他们都是猪,他们只是无休止地想要更多的钱。"

"换句话说,"我说,"成功会让人变成猪。"

"不分性别,"他说,"成功对任何人都是平等的腐蚀物。现在看起来似乎是不可避免的。没有人仅仅通过做一个生意赚钱就能感到满足。每个人都想要发展自己的生意,然后要么让人加盟,要么将其出售给一个大公司。幸运的是,我很安全。没有人想要加盟巴尼嘉书店,也没有过跨国公司试图收购我。"

"所以你会继续卖书。"

"偶尔吧,"当那个年轻女人将圣塞巴斯蒂安放回书架并空手离开时,他说道,"我告诉你,做窃贼实在是太好了。这能让我保持真诚。"

看重地段的贼

我漫步到东十一街的巴尼嘉书店,想听听伯尼·罗登巴尔关于拟定房地产立法的看法。正午时分,我最喜欢的窃贼和他的朋友卡洛琳·凯瑟正准备享用从街道拐角处的老挝餐厅打包的特色菜。那只叫作拉菲兹的猫正在店里的小说区,追逐它想象中的老鼠。

"当我把书卖给某人的时候,"伯尼说,"我没有义务告知他上一任的主人是谁。"

"有时候你不需要告诉他们,"卡洛琳说道,"如果书上带着标签,或者有图书馆的标记。"

"这个店里任何一本来自图书馆的二手书,"他冷冷地说,"都盖着'退回'的戳。"

我没有问他这个戳放在哪里。"有些人会说房地产与其他东西不同,"我说,"毕竟没有人会住在一本书里。"

"是吗?"

"如果你想要买房子,"我说,"或是搬进一间公寓,你难道不想知道那里是否发生过什么可怕的事情吗?"

"这里可是纽约,"他说,"随时随地都会发生可怕的事情。"

"没错,"卡洛琳说,"就像这家店。还记得我们在厕所里发现那个死人的事情吗?"

"埃德温·特恩奎斯特。一个叫雅各布的人杀了他,把他丢在了那里。"

"然后我们把他搬上轮椅,放在了河边,"卡洛琳回忆道,"就像抛弃老人一样,只不过那时他已经死了。还有西十八街的马车房里,还记得吗,旺达·科尔卡农在那里被谋杀了?或者埃博尔·克罗死在河滨大道的家,足病医生就是在那里杀了他?"

"还有东六十七街,J.弗朗西斯·弗兰克斯福德就是在那里被砍伤的,"他说,"还有格拉莫西公园,克里斯特尔·谢尔德里克被她丈夫用牙科手术刀刺杀。西区纽金特家的公寓里,我在那里发现卢克·桑坦格罗死在了浴缸里。还有戈登·翁德东克在查理曼公寓的房子,或者雨果·坎德莫斯在七十六街列克星顿大道的公寓。"

"还有沃尔特·格拉博,你还记得吗,伯尼?就是在你的公寓里被杀的。"

"谢谢你提醒我,"他说,"但这就是重点,对吗?即使像我们这样的普通人,也能轻易地说出几个城里发生过暴力事件的场所。"

"就像我和兰迪·梅辛格在阿伯特庭院的那次争吵一样,"她说,"我们在那里扯着嗓子大喊大叫。"她回想到这里,浑身颤抖了一下。"但是你说得对,想想我们知道的其他凶案现场。《八百万种死法》里,金·达基嫩在旅馆里被人用刀砍成碎块。《父之罪》里,温迪·汉尼福德在贝瑟恩街的公寓里被刺杀。在日落公园的房子里基南·库里追上了杀害他妻子的凶手。"

"那在马佩思体育馆呢?马修和米克·巴卢两人与伯根和奥尔佳·斯特德对峙?"

"等等,"我说,"这些都是关于马修·斯卡德的书,都是小说。"

"所以呢?"

"那些都是虚构的,"我说,"你不知道它们之间的区别吗?"

他耸了耸肩。"有人知道吗?再说,这里是纽约。每个人都知道纽约,和事实的还是虚构的无关。在纽约,房地产事关重大,事实是什么样并不重要。"

"那什么重要?"

拉菲兹优雅地跳了起来,杀死了一只想象中的老鼠。

"三件事,"我的窃贼朋友说,"地理位置,地理位置和地理位置。"

五本伯尼读过不止一次的书

我在工作时有很多时间可以用来看书。（并不是说闯进别人家里的工作，我是指我的日常工作，在格林威治镇东十一街的巴尼嘉书店售卖二手书。）在很多个白天里，只有我的猫和我做伴，所以每当我无所事事的时候，都会在手边放一本书。

大多数这种时候，我手里拿的书都是之前读过的，有时读了不止一遍。能够再次静下心来阅读我知道我会喜欢的小说，是极大的安慰——因为以前已经读过一遍了。但并非每本书都能在重读时获得和初次阅读时一样愉悦的体验。

这里有五本——我是怎么得出这个数字的呢？——从未让我失望的书：

1. 唐纳德·E.维斯雷克以理查德·斯塔克为笔名创作的帕克系列小说。芝加哥大学出版社不久前重新发行了完整的系列平装版，这是件好事，因为我手里的几本因为频繁地翻阅已经变得破烂不堪。我喜欢帕克是因为他是个小偷吗？好吧，我承认这是他魅力的一部分，但是我只是喜欢帕克思考、行动以及反应的方式，还有理查德·斯塔克写作的方式。

维斯雷克还写了一个系列，是关于一群以约翰·多特蒙德为领头的罪犯的，这是个非常不幸的家伙，这一系列也很精彩，但我并没有像对待帕克系列一样经常反复阅读它们。帕克系列是相互独立的，但最好从《猎手》（由李·马文主演的伟大电影《步步惊魂》就是根据此书翻拍的）开始阅读，然后按照顺序阅读剩下的。当然，当你准备重新再读一遍的时候，因为你已经读过了，所以可以随意跳过一些章节。

2. 汤米·弗拉纳根的《法国之年》。弗拉纳根创作了三部描写爱尔兰历史的精彩小说。这一本的故事背景设定在一七九八年，当时爱尔兰正在发生起义——在韦克斯福德，（"但是金色的自由之日在罗斯暗淡了下来／在斯莱尼的红色波涛中沉没／可怜的韦克斯福德被剥光，高悬于十字架之上／她的心脏被叛徒和奴隶刺穿。／荣光啊荣光，为了长期被压迫而勇敢牺牲的人们！／荣光啊，亲爱的伦斯特山之子和骄傲／勇敢无畏的凯利，来自基兰的孩子！"）在都柏林和西部地区。（"在勇敢的西部／有着最勇敢，最好的心灵／当爱尔兰在韦克斯福德破碎／为西部的人们欢呼！"）

只有当历史小说写得非常出色的时候，我才会喜欢看，而这本小说正是如此。就像最伟大的悲剧一样，人们会抱着希望不断地回顾它，寄希望于这次会有一个美好的结局。但正如伊莲·斯卡德在看完《波西米亚人》之后的观后感里所说的那样，"她最终都是个死。那部歌剧我看过多少遍了？米米——哗——每次都会死。"三部作品中的第二部和第三部，《时间的房客》和《狩猎的结尾》，都是很好的作品，但是不容易读得进去。

3．沃尔特·特维斯的《女王的棋局》。有些书并不是侦探小说，也不属于任何类型小说，但是在喜欢侦探小说的读者中依然备受欢迎。《谋杀墨水》杂志的卡罗尔·布尔默曾经设置过一个为读者推荐非推理小说的专栏。我记得那个专栏里出现过金塞拉的《没穿鞋的乔》，还有这本精彩的小说。

女主人公是一个棋艺超群的天才，故事情节主要从棋盘上展开，但是你并不需要搞明白马和象的区别，就能发现每一页都引人入胜。我已经读了很多遍，现在又准备再读一遍了。

4．约翰·桑福德写的"卢卡斯·达文波特"系列，是每次再读都能获得更丰富感受的作品。故事情节是如此引人入胜、悬念丛生，以至于我第一次读它们的时候，全程唯一感兴趣的事情就是想知道下一步会发生什么。所以我是跳着翻阅完的，我很喜欢它，但也错过了很多情节——而这个系列的内容又足够有料，让我第二次的阅读更有收获。在我开始能够分辨达文波特的警察搭档，或者是弄清哪个警察拿着枪之前，我已经喜欢上了整个系列。

大概一年前，我又重新开始阅读整个系列，从《狩猎规则》开始，这些故事依旧让人着迷（特别是关于克拉拉·林克尔的两本书，她随时可以把鞋子放在这个小偷的床底下）。而且情节更加丰富，我从其中也收获了更多。在《伺机下手的贼》这本书中，我正在阅读那本关于一位幻灭的前素食主义工会教士的书，书中他在明尼苏达州进行残酷的屠杀，他的谋杀对象是有名的素食主义者和有机农民，他屠宰这些人并吃掉他们的肝脏。你读过那本书吗？卡洛琳也很喜欢它：《莴苣猎物》。

5. 你们当中可能有些人注意到了，我看起来和三十六年前在《别无选择的贼》里首次亮相时一模一样。这就是虚构角色的乐趣之一，你可以永远活在某一个年纪。（除非创造出你的是一个坚持按照实际时间来让你逐渐衰老的人。这种情况就发生在可怜的马修·斯卡德身上。）但我不会衰老，阿加莎·克里斯蒂笔下聪明的侦探，赫尔克里·波洛和简·马普尔也不会。

波洛是一位年迈的退休的比利时侦探，在一九二〇年的《斯泰尔斯庄园奇案》中首次登场。当他在一九七五年的《帷幕》中退场的时候，已不再年轻，但也并没有太老。

简·马普尔也是如此，就像波洛一样，她也是一系列精心设计的侦探小说的主人公。我想我读过关于他们两人的所有小说，其中很多故事我读了不止一遍，特别是马普尔小姐的小说，因为我觉得她一直都很有趣。我一直觉得波洛像是一根缀满了浮夸用语的棍子，而且我很震惊，竟然有人要复活波洛并写一本新的关于他的小说。天哪，为什么？没有克里斯蒂的故事情节，你能写出什么来？马普尔小姐则不同，即便是这样，我也不认为复活她有什么意义。如果你想复活某个人，那就想办法让阿加莎·克里斯蒂复活吧。如果做不到，那就重新读读这些书吧。巴尼嘉书店一直都有这些书供应。

抱怨的贼

我乘坐地铁到联合广场,走过几个街区来到东十一街的一家店门前,窗户后面一只没有尾巴的猫正在打盹儿。我走进去,发现伯尼·罗登巴尔正坐在柜台后的椅子上,看着最新的华莱士·斯特罗比的小说。

"这本书是关于克里萨·斯通的,"我最喜欢的书店老板说道,"一个职业小偷。有点像理查德·斯塔克笔下的帕克,但没有 Y 染色体。我跟你说,这本书让我回想起了过去的日子。"

"当你还是你的时候?"

"当一个有野心的人还能以传统的方式赚钱的时候。"

"靠工作赚钱?"

他摇了摇头。"通过偷东西。我的意思是并非通过电脑犯罪、盗取身份和那些阴险的网络上的东西。我是指从自己的房子里出去,再进入别人的房子。我是说闯入——然后离开的时候要比来的时候变得更富有。我是说撬锁、撬开门、骗过门卫和电梯操作员。"

"就是盗窃。"

"在过去,"他说,"这是一种职业。我承认,这是一种违背道德的职业,但它有一套标准、一套伦理准则和一个陡峭的学习曲线,旨在将绵羊和山羊、绶带和出纳员以及愚蠢的人和他的钱区分开来。而现在呢?"

"我不知道,"我说,"但是我感觉你准备告诉我了。"

"现在就只是白忙活一场,"他说。"我有两种职业,盗窃和卖书。它们就像在时间之沙里的两道足迹,而我不会鼓励我的儿子去从事其中的任何一个。"

"但是你并没有孩子。"我指出了这一点。

"这是个好事,"他说,"不然我会是个什么样的榜样呢?这两种职业,都是二十一世纪的受害者。"

"哦?"

"现在再没有人买书了,"他说,"而这都归咎于技术,不管你称它为电子书还是互联网。"

"但人们还是会偷东西。"我说。

"然后会被抓,因为你不论走在哪条街上都会被拍到很多次。现在监控摄像头到处都是,街上的大多数建筑内部也都有摄像头。你知道我上周四干什么去了吗?"

"不知道。"

"好吧,你应该知道的,"他说,"如果你看了正确的录像带的话。我去了东十六街的一处住所,那里有一位超模,你一定听说过她的名字,她用一张梳妆台的抽屉装了原本应该放在保险箱里的东西。"

"珠宝吗?"

"她住的是一幢褐沙石建筑,"他说,"那里没有门卫,也没有值班的安保人员。她那时正在圣克罗伊,拍摄《体育画报》的泳装特辑,所以她家里是没人的。"

"但是有她的珠宝。"

"还有其他值钱的东西。我去了那里,站在她的公寓楼前。我距离前门的锁很近,我觉得只需要三十秒就能打开它。我一直等到天色渐渐暗下来,一些住户屋里的灯已经亮了。"他叹了一口气。"我的口袋里有一个棕色的纸袋。"

"用来装东西吗?"

"用来套在头上。我已经提前在上面剪好了眼睛的洞。"

"那么监控摄像头就拍不到你了。"

"有什么用呢?他们还会调取街上的监控录像,找到我套上袋子之前的影像。即使我是戴着头套下的车,他们也能在前一天的监控录像里找到我踩点的证据。所以我就回家了。"

"步行回家吗?"

"我穿过了中央公园。这是条令人愉悦的路线,但是可能会有监控摄像头藏在树林里,捕捉到我的身影。如果是这样的话,可能会有一张我从口袋里掏出纸袋丢进垃圾桶的照片。"

"至少你没有乱扔垃圾。"

"我怎么敢呢,"他说,"现在的世道,在这个城市里。"窗户边,他的猫伸了个懒腰,打了个哈欠。"笑一个,拉菲兹,"他跟他的猫说,"看镜头。"

养猫的贼

听着，这真不是我的主意。

事发突然。早在六月初的一天，卡洛琳带着熏牛肉三明治和西芹汤力水来到书店，我给她看了几本书，一本艾伦·格拉斯哥[1]的小说和伊夫林·沃[2]的信件集。

她看了一眼书脊，发出了一个介于"嘶嘶"和"咕哝"的声音。

"一看就知道是谁干的。"她说。

"我有一种不祥的预感。"

"有老鼠，伯尼。"

"我就怕你这么说。"

"啮齿类动物，"她说，"是害虫。你得把这些书直接扔了。"

---

[1] 艾伦·格拉斯哥（Ellen Glasgow, 1873—1945），美国南部地区的小说家和评论家。
[2] 伊夫林·沃（Evelyn Waugh, 1903—1966），是二十世纪英国最具影响力的作家之一。他以讽刺的幽默和精湛的文学技巧而著名，作品包括小说、散文、游记等多种文体。

"也许我应该留着,没准儿老鼠啃完了这些书,就放过其他的了。"

"要不你在枕头下放一枚二十五美分硬币吧,"她说,"牙仙会在半夜降临,咬掉它们的脑袋。"

"听起来不太现实,卡洛琳。"

"是的,"她说,"我也觉得不现实。在这儿等我。"

"你去哪儿?"

"我很快就回来,"她说,"别吃我的三明治。"

"我不会,但是——"

"也别把它放在老鼠能啃到的地方。"

"老鼠,"我说,"店里可能只有一只吃书的老鼠。"

"伯尼,"她说,"相信我,老鼠从不单独行动。"

我好像已经猜到了她想干什么,但还是一边吃着自己剩下的三明治,一边翻开了沃的书,从一封信读到另一封信。正读着,门开了,她又回来了,手里拿着一个带气孔的小纸板盒子,形状像新英格兰的"盐盒屋①"。

就是那种用来装猫的东西。

"哦,不。"我说。

"伯尼,你试试,怎么样?"

---

① "盐盒屋",一种建筑风格,源于美国新英格兰地区的传统建筑,通常是由一栋两层高的房子构成,前屋顶倾斜较浅,后屋顶倾斜较陡峭,形状像盒子一样,因此得名"盐盒屋"(Salt Box)。这种建筑风格常见于十七世纪和十八世纪,具有浓郁的新英格兰地区的历史和文化特色,现在仍然是美国乡村地区常见的建筑风格之一。

"不怎么样。"

"伯尼,你的店里有老鼠。书店有老鼠,你知道这意味着什么吗?"

"反正不意味着我为了一只小老鼠就得养猫。"

"不,"她说,"不可能只有一只老鼠,不过你要是想搞定这些老鼠,伯尼,只需要一只猫就够了。"

"很好,"我说,"你带着一只猫来,然后再把这只猫带走。这样一来一回,它就完成任务了。"

"你不能和老鼠住在一起。老鼠会让你损失上千美元。它们可不会坐下来,老老实实捧着一本书,从头到尾啃一遍。不,它会在这里咬一口,在那里咬一口,你还没反应过来的时候,生意就全黄了。"

"你不觉得自己有点儿危言耸听吗?"

"完全没有。你记得亚历山大图书馆吗,伯尼?古代世界的七大奇迹之一,后来有一只老鼠出现在那里。"

"我记得你刚才说老鼠不会单独出现。"

"是的,所以这个图书馆后来就不存在了,就是因为法老的图书馆馆长没有意识到应该养一只猫。"

"还有其他消灭老鼠的方法。"我说。

"说一个。"

"灭鼠药。"

"可怕的办法。"

"这有什么可怕的？"

"且不说这有多残忍。"

"好吧，我懂了。"我说，"先不想这个。"

"别去想当老鼠吃下含有华法林①的毒药以后，它们的小血管慢慢破裂的过程；你也别去想小老鼠在内出血的痛苦中慢慢死去的可怕景象。伯尼，只要你能狠下心，不去想这些残忍的事，倒也无妨。"

"都忘了。脑海里的橡皮擦，已经把我的记忆擦干净了。"

"而且，这些老鼠都死在你看不到的墙缝里，几十只，上百只，看不见，摸不着。"

"那正好，眼不见，心不烦。俗话是这么说的吧？"

"闹老鼠的时候，俗话可不是这么说的。你的书店里会有上百只老鼠在墙壁中腐烂。"

"数百只？"

"谁知道实际有多少只。灭鼠药的原理是先把老鼠从周围吸引过来。你想想，一堆老鼠从方圆几英里外匆匆赶来，从苏豪区到基普斯湾，它们都聚集在你这里，然后再被毒死。"

我翻了个白眼。

"可能我有点儿夸张，"她承认，"但是只要有一只老鼠死

---

① 华法林（Warfarin），一种抗凝血药，常用于预防和治疗血栓病症，特别是静脉血栓和肺栓塞。老鼠吃下华法林后由于其较迟缓的作用特点并不会立刻死掉，而是过段时间后因内出血而死，因此老鼠难以将食用华法林和死亡直接联系起来，于是灭鼠药能保持更长时间有效。鉴于此，在很长时间内，华法林都是颇受欢迎的灭鼠药。

在屋子里，满屋子就都是臭味，伯尼。"

"你的意思是一只老鼠就能毁了我的生意。"

"你明白我的意思，顾客也许不会为了躲着你而特意绕到马路对面……"

"有的人确实会这么做。"

"没有人喜欢待在散发着臭味的书店里。即便有顾客上门，顶多待上片刻，也绝对不会久留，毕竟没有读者愿意站在冒着老鼠尸臭味的地方看书。"

"陷阱。"我建议道。

"陷阱，你想用捕鼠器？"

"问题搞定，读者络绎不绝。"

"你打算用哪种捕鼠器，伯尼？是那种带强力弹簧的，在安装时就把你的手指尖夹住的那种吗？还是那种能夹断老鼠脖子的，你早上一开门，就先得给一只脖子被扭断的死老鼠收尸的那种？"

"我可以试试新型的胶水捕鼠器，就像蟑螂屋一样，不过是专门为老鼠设计的死亡旅馆。"

"老鼠能来开房，但是不能退房。"

"就是这个意思。"

"真是个好主意。可怜的小老鼠，爪子被粘住，声嘶力竭地吱吱叫上好几个钟头，没准儿还会试图啃掉自己的爪子，就像动物权益广告里腿被夹住的小狐狸，可怜兮兮，插翅难逃。"

"卡洛琳——"

"很可能发生这样的事。谁说得准呢？总之，你一开门，发现老鼠还活着，然后你打算怎么办？踩死它？拿把枪打死它？还是把水槽灌满，淹死它？"

"我干脆把它连着捕鼠器一起扔到垃圾桶里。"

"你的办法真是充满人道主义精神，"她说，"可怜的小家伙在黑暗中挣扎好几天，最后清洁工把垃圾袋扔进处理机，小家伙被碾碎成老鼠汉堡。太善良了，伯尼。你为什么不直接把死亡旅馆扔到焚烧炉里呢？为什么不活活烧死这只可怜的小老鼠呢？"

我灵机一动。"可以从胶水捕鼠器中把老鼠放了，"我说，"在它们的爪子上倒一点婴儿油，当作溶剂化开胶水。老鼠无罪释放，一点儿伤害也没有。"

"一点儿伤害也没有？"

"伯尼，"她说。"你都没意识到自己在做什么吗？你释放了一只精神错乱的老鼠。无论它重回店里，还是闯入附近的建筑物，谁都说不准它会干出什么事来。即使你把它带到几英里之外，甚至是带到法拉盛[①]，你也是把一只疯狂的啮齿动物释放到了无辜的人间。伯尼，忘了捕鼠器，忘了毒药。你根本不需要。"她拍了拍猫笼子的一侧。"你有了一个朋友。"

[①] 法拉盛（Flushing），位于美国纽约市皇后区，是一个多元文化的社区，以其丰富的文化遗产和多样性而闻名。

她说。

"你说的不是朋友。你说的是猫。"

"你对猫有什么意见吗?"

"我对猫没有意见。我对麋鹿也没有意见,但这并不意味着我为了在店里有个方便挂帽子的地方,就得养一只麋鹿。"

"我以为你喜欢猫呢。"

"猫是不错。"

"你对阿奇和乌比一向很好,我还以为你挺喜欢它们的。"

"我喜欢它们,"我说,"我觉得它们出现在合适的地方就招人喜欢,比如刚巧出现在你的公寓。卡洛琳,相信我,我不想要宠物。我不是那种人。我连女朋友都相处不好,怎么和宠物相处呢?"

"宠物更容易相处,"她带着情感说,"相信我。再说,这只猫不是宠物。"

"那它是什么?"

"一名员工,"她说,"一只工作猫。白天是伴侣动物,你不在的时候是独自值夜班的守夜人。忠诚、忠心、勤劳的仆人。"

"喵喵。"猫说。

我们一起看向猫笼,卡洛琳弯腰解开了笼子上的卡扣。"它被关在里面半天了。"她说。

"别放它出来。"

"噢，来吧，"她说，然后打开了笼子，"这又不是潘多拉魔盒，伯尼，我只是让它出来透口气。"

"气孔的用途就是这个。"

"它需要活动一下。"她说。然后，猫就走了出来，伸出前爪，拉长身子，接着再拉长后腿。反正，你知道猫是怎么伸懒腰的，就像上舞蹈课之前做热身似的。

"它，是只公猫？也好，至少不会一直生小猫。"

"绝对不会，"她说，"它保证不会生小猫。"

"但它不会四处撒尿吗？比如尿在书上。公猫不是有这种习惯吗？"

"它做了绝育，伯尼。"

"可怜的兄弟。"

"它不知道自己少了什么。它不会怀孕生小猫，也不会成为小猫的父亲，更不会发现别的母猫发情就激动地失控乱叫。放心，它只会做好本职工作，守卫书店，消灭老鼠。"

"它还会用书当猫抓板。就算老鼠都不见了，但书上都是爪痕，那有什么意义呢？"

"它没有爪子，伯尼。"

"哦。"

"它其实不需要爪子，因为这里既没有它的天敌需要抵御，也没有树需要爬。"

"我明白了。"我看着它，总觉得有点奇怪，琢磨了几秒，

"卡洛琳,它的尾巴怎么了?"

"它是马恩岛猫①。"

"所以它天生没有尾巴。但不是说马恩岛猫会有类似兔子的跳跃步态吗?这只猫走起路来就像一只普通的田园猫。它看起来完全不像我见过的马恩岛猫。"

"嗯,它可能只有一部分马恩岛猫血统。"

"哪一部分?尾巴吗?"

"嗯——"

"你觉得在它身上发生过什么事?它是不是被门夹过,要不就是兽医给它的绝育手术做错了地方?卡洛琳,它已经做过绝育和去爪了,尾巴也只属于它的回忆。这么说来,它身上的原装配件已经不多了,对吧?这是一只精简配置的猫。它还有别的缺失功能吗?"

"没有了。"

"使用猫砂盆的那部分功能留下了吧?每天换猫砂真让我期待。至少它会用猫砂盆吧?"

"它更厉害,伯尼,它会用马桶。"

"就像阿奇和乌比一样吗?"卡洛琳训练过自己的猫,一开始先把猫砂盆放在马桶座上,然后剪了个洞,逐渐扩大洞口,最后干脆去掉了猫砂盆。"嗯,还不错。我猜它还没学会

---

①马恩岛猫(Manx),是一种原产于英国马恩岛(Isle of Man)的猫。这种猫的奇特之处在于,真正的纯种马恩岛猫完全没有尾巴,在猫尾巴的位置只有一个凹痕。

冲马桶吧。"

"对，记得放下马桶圈。"

我重重地叹了口气。这只猫正在我的店里四处乱逛，把头伸进各个角落。虽说它绝育了，但我一直担心它在装满初版书的书架上抬起一条腿。我承认，我不信任这只猫。

"虽然我不敢保证，"我说，"但是肯定有别的办法能解决书店的老鼠问题。也许我应该找个灭鼠专家商量一下。"

"你在开玩笑吗？你想找一群怪人来，躲在过道，在你的店里四处喷洒有毒化学物质吗？伯尼，你不用找灭鼠专家。你已经有了一位住在店里的灭鼠大师，成立了自己的有机啮齿动物管理部门。它已经接种了所有必要的疫苗，没有跳蚤和虱子，如果它需要洗澡，你正好有个懂行的朋友能帮忙，还有什么比这更好的呢？"

我感到自己正变得软弱，我讨厌这种感觉。"它好像喜欢这里，"我承认，"适应得很快。"

"怎么能不适应呢？还有什么比在书店里养猫更自然的事呢？"

"它长得不难看，"我说，"虽然我本来没打算接受这只猫，不过如果能看习惯它没有尾巴，倒也不难接受它的长相。你觉得它是什么颜色？"

"灰色虎斑。"

"很实用的颜色，"我决定了，"不出挑，好搭配，不是吗？它有名字吗？"

"你随时可以给它改名。"

"哦，我敢打赌它的名字应该不错。"

"嗯，它挺随和的，我觉得性格不差。不过，它和我认识的其他猫一样，不会对自己的名字做出什么反应。你熟悉阿奇和乌比，叫它们的名字就是对牛弹琴。如果我想叫它们过来，就打开电动开罐器。"

"它的名字是什么，卡洛琳。"

"拉菲兹，"她说，"但你可以随便改。"

"拉菲兹。"我说。

"如果你不喜欢——"

"不喜欢？"我盯着她。"你在开玩笑吗？这个名字和它简直是绝配。"

"你想到什么了，伯尼？"

"难道你不知道拉菲兹是谁吗？E.W.赫尔南[①]创作的小说主角，大约在十九世纪末，他和巴里·佩罗恩的故事，没听说过吗？业余神偷拉菲兹？世界级板球选手和绅士盗贼？我简直不敢相信你从来没有听说过著名的A.J.拉菲兹。"

[①]欧内斯特·威廉·赫尔南（E. W. Hornung, 1866—1921），英国作家，也是著名的侦探小说作家阿瑟·柯南·道尔的妹夫，也曾经发表过侦探小说作品，并塑造了一位小偷侦探A.J.拉菲兹（A. J. Raffles）。主角全名亚瑟·杰米森·拉菲兹（Arthur J. Raffles）是一名世界级板球选手兼绅士窃贼，以高雅与犯罪技巧交织的角色而闻名。巴里·佩罗恩（Barry Perowne）是小说中的另一个角色，是主角拉菲兹的朋友和同伴。在小说中，他通常充当拉菲兹的合谋者和帮手，协助他进行盗窃和冒险。

卡洛琳张大了嘴。她说:"我可不知道这些。我只能想到类似为教堂筹款而劫富济贫的故事情节。但现在你提到的——"

"拉菲兹,"我说,"小说中著名的贼。现在是一家书店里的猫,而书店的老板曾经是一个贼。告诉你,如果让我给这只猫起个名字,我绝对找不到比它现在的名字更好的了。"

她的目光与我的相遇。"伯尼,"她庄重地说,"这是命中注定。"

"喵喵。"拉菲兹说。

第二天中午,轮到我去买午餐了。在去"贵宾狗工厂"的路上,我顺路买了沙拉卷。卡洛琳问拉菲兹过得怎么样。

"它过得挺好,"我说,"它从自己的水碗里喝水,从自己的蓝色新猫碗里吃东西,而且让我惊讶的是,它真像你说的那样使用马桶。当然,我得记得把厕所门开着,我忘了的时候,它就站在门前号叫,提醒我。"

"听起来似乎进展顺利。"

"哦,一切都进行得非常顺利,"我说,"告诉我,它以前叫什么名字?"

"我不明白你的意思,伯尼。"

"'我不明白你的意思,伯尼。'好一招温水煮青蛙,不是吗？等到我耳根发软时，你再把它的名字丢出来，让我招架不住。'它叫拉菲兹，但你随时可以改。'这只猫是从哪里来的？"

"我没有告诉你吗？我有一位客人，是一名时尚摄影师，他养了一只非常漂亮的爱尔兰水猎犬，他告诉我他的朋友得了哮喘，过敏科的医生坚持让他的朋友把猫送走，他的朋友因此心碎不已。"

"然后呢？"

"然后你的店里闹老鼠，于是我就去接了这只猫，然后——"

"不对。"

"不对？"

我摇了摇头。"你隐瞒了什么。我那天刚和你提到老鼠这两个字，你转身就跑了，跑得比兔子还快。你甚至都没有思考。而且，从你跑去拿猫，把它放进宠物箱，到拿回店里，前后花了不超过二十分钟。二十分钟里你都干了些什么？让我想想：首先，你回到'贵宾狗工厂'，查找了这位时尚摄影师顾客的电话号码，然后给他打电话，让他给你提供他患过敏病的朋友的名字和电话号码；然后，我猜你先给这位朋友打了电话，做自我介绍，再跑去他的公寓看看那只猫；再然后——"

"别说了。"

"所以?"

"那只猫就在我公寓里。"

"它在那里做什么?"

"它住在那里,伯尼。"

我皱起眉头。"我见过你的猫,"我说,"我认识它们好多年了。不管有没有尾巴,我都能认出它们。阿奇是缅甸猫,乌比是俄罗斯蓝猫。它们俩谁也没法冒充灰色虎斑,除非是在黑灯瞎火的巷子里。"

"它和阿奇、乌比一起住在我家。"她说。

"从什么时候开始的?"

"哦,只是一小段时间。"

我想了想。"不只一小段时间,"我说,"它在那里住了足够长时间,甚至学会了使用马桶。学这个可不是一夜之间的事。看看人类学这个需要多长时间。它是在你家学会用马桶的,对吗?它是跟着你的猫学会的,是不是?"

"应该是吧。"

"它也不是一夜之间学会的,对吗?"

"我感觉自己像一个嫌疑人,"她说,"我感觉好像正在被盘问。"

"盘问?你应该被烧死。天哪,你居然狡猾地设计欺骗了我。拉菲兹在你家住了多久?"

"两个半月。"

"两个半月!"

"嗯,差不多三个月。"

"三个月!太离谱了。过去的三个月里我去过你家多少次?没有十次,也有八次。照你这么说,我居然连一次也没注意到它?"

"你来的时候,"她说,"我通常把它关到另一个房间里。"

"哪儿来的另一个房间?你家只有一个房间。"

"我把它关在壁橱里。"

"壁橱里?"

"嗯。这样你就看不到它了。"

"但这是何必呢?"

"我不告诉你和不让你看到它,都是出于同一个原因。"

"为什么呢?我不明白。这只猫有什么问题吗?"

"这只猫没有问题。"

"如果这只猫有什么见不得人的地方,我不能确定是不是应该让它出现在我的店里。"

"它没有什么见不得人的地方,"她说,"它是一只非常不错的猫,值得信任,忠诚善良,乐于助人,对人友好……"

"有礼貌,守纪律,听话,开朗,乐观。它简直是一个童子军,对吗?那你为什么要瞒着我?"

"不只是对你,伯尼。真的,我没跟任何人说。"

"所以,为什么,卡洛琳?"

"我甚至都不想说出来。"

"拜托,天哪。"

她深呼吸。"因为,"她深沉地说,"它是第三只猫。"

"我不明白。"

"哦,天哪。这根本没法解释。伯尼,你只能接受这个事实。对于女性来说,猫可能是非常危险的。"

"你在说什么?"

"你养了一只猫,"她说,"没问题,很正常,没什么不对。然后你又养了第二只猫,这样更好,因为它们可以互相陪伴。听起来不可思议,不过实际上两只猫比一只猫更容易养。"

"我相信你说的。"

"然后你养了第三只猫,还好,还能管得住,但在你意识到之前,又养了第四只,然后就全搞砸了。"

"搞砸了什么?"

"你越界了。"

"越界?越什么界,你是怎么越界的?"

"你变成了一个养猫的女人。"我点了点头。情况开始变得清晰起来。"你知道我在说哪种女人,"她接着说,"她们随处可见。没有朋友,几乎不出门。去世时,人们在她们的屋子里发现三四十只猫。或者,她们把自己和三四十只猫关在一间屋子里,邻居受不了她们房间散发的臭味,把她们告上法庭。再或者，她们表面看起来完全正常，直到有一天发生了火灾或者入室抢劫，世界发现了她们的真面目。她们是养猫的女人，伯尼，我不想变成她们。"

"不，"我说，"我能理解为什么。但是……"

"对于男人来说，似乎没有问题，"她说，"有很多男人养两只猫，可能还有很多人养三四只，但你什么时候听说过养猫的男人呢？说到猫，男人似乎没有难以自拔的问题。"她皱眉，"很奇怪，对吧？但在生活的其他方面……"

"我们还是谈谈猫吧，"我建议，"你是怎么把拉菲兹关在壁橱里的？在它叫拉菲兹之前，它的名字是什么？"

她摇了摇头。"别问了，伯尼。如果非要问的话，它以前的名字特别娘娘腔，根本不适合它。至于我是怎么得到它的，和我告诉你的差不多，只不过有些事情我没有说出来。乔治·布里尔是我的顾客。我给他的爱尔兰水猎犬梳理毛发。"

"他的朋友对猫过敏。"

"不，乔治才是那个过敏的人。当费利佩带着猫搬去和乔治同居时，猫和狗相处得很好，但是乔治总是喘不过气，眼睛红红的，所以费利佩不得不放弃猫，要不就得放弃乔治。"

"这就是拉菲兹的故事。"

"嗯，费利佩并没有特别喜欢这只猫。毕竟它一开始就不是他的猫，而是帕特里克的猫。"

"帕特里克又是从哪儿来的？"

"爱尔兰,他拿不到绿卡,而且他也不是特别喜欢这里,所以当他回国时,他把猫留给了费利佩,因为他不能带着猫去移民局。费利佩愿意给这只猫一个家,但当他和乔治在一起时,嗯,猫必须离开。"

"他们怎么选中了你来接盘?"

"乔治耍了一些手腕。"

"他是怎么办到的?吓唬你说'贵宾狗工厂'里到处都是老鼠?"

"不,他对我采用了一些非常狡猾的情感勒索手段。不管怎么说,奏效了,然后我就有了第三只猫。"

"阿奇和乌比是怎么看待这件事的?"

"实际上,它们倒是没说什么。不过它们的身体语言很诚实,翻译过来大概是说'来了个新邻居'。昨天我把拉菲兹打包带出门时,我觉得它俩并没有表现出心碎的样子。"

"它在你的公寓里住了三个月,你却什么都没说。"

"我本来打算告诉你的,伯尼。"

"什么时候?"

"早晚的事。但我很害怕。"

"害怕我会怎么想?"

"不仅如此。害怕第三只猫的象征意义。"她叹了口气。"所有那些养猫的女人,"她说,"她们本来也没有打算养,伯尼。养了第一只猫,然后第二只,第三只,突然间,她们就失控了。"

"你不觉得她们一开始可能就有点古怪吗？"

"不，"她说，"我不觉得。哦，偶尔可能有稍微古怪的女人，满屋子都是猫。但大多数养猫的女人一开始都是正常的。可到最后，她们确实都疯了，养三四十只猫只会让你疯掉。它们会不知不觉地让你失去理智。"

"第三只猫是咒语，对吧？"

"没错，伯尼。有些原始文化并没有真正的数字，不像人类文明那样，他们只有一个词表示'一'，另外两个词表示'二'和'三'，之后就是一个词，只表示'超过三个'。养猫文化差不多就是这样。你可以养一只猫，可以养两只猫，甚至可以养三只猫，但之后就是'超过三个'。"

"然后你就成了一个养猫的女人。"

"你说对了。"

"我完全理解了。让我来养你的第三只猫。这就是你秘而不宣的理由，对吗？因为你一直打算把这只小动物塞给我？"

"不，"她迅速回答，"我对天发誓，伯尼。这么多年来，咱们聊到过很多次养猫养狗的事，你一直都说不想养宠物。我哪次劝你养过？"

"没有。"

"我尊重你。虽然有时候我觉得，如果你有一个需要照顾的小宠物，你的生活可能会更好，但我控制住自己不要对你指手画脚。我甚至从来没有想到你会需要一只工作猫,所以当我听说你的店闹老鼠的时候……"

"你知道应该如何解决老鼠。"

"当然,这是个很好的解决办法,不是吗?你就承认吧,伯尼。今天早上拉菲兹在店里迎接你,你的心情是不是挺好的?"

"还行,至少它还活着。我以为它会躺在地上,四爪朝天,老鼠们在它的身边围成一个大圈。"

"你很关心它,伯尼。你会在不知不觉中爱上这个小家伙。"

"别抱太大希望。卡洛琳,在它叫拉菲兹之前,到底叫什么名字?"

"哎,别再提了。反正是很愚蠢的名字。"

"告诉我。"

"非说不可吗?"她叹了口气。"好吧。它叫 Andro。"

"安德鲁?那有什么愚蠢的?安德鲁·杰克逊、安德鲁·约翰逊、安德鲁·卡内基……他们都过得不错。"

"不是安德鲁,伯尼,是 Andro。"

"安德鲁·梅隆、安德鲁·加德纳……不是安德鲁?Andro?"

"对。"

"那是什么,希腊语的安德鲁吗?"

她摇了摇头。"Andro 取自 Androgynous①。"

"哦。"

"这个意思是，绝育手术让猫在性别方面有些不确定。"

"哦。"

"我猜帕特里克也有些不确定，虽然手术和他没什么关系。"

"哦。"

"我从来没有管它叫过 Andro，"她说，"其实，我根本没叫过它。我不想给它取一个新名字，那意味着我会把它留下，但是……"

"我明白。"

"然后，在去书店的路上，我突然想到了一个名字，拉菲兹。"

"为教堂筹款而劫富济贫的故事情节②，你好像这么说过。"

"别讨厌我，伯尼。"

"我尽量。"

"相信我，过去的三个月，活在谎言中的日子一点儿也不好受。"

"现在每个人都轻松多了，因为拉菲兹已经'出柜'了。"

---

① Androgynous，形容词，意为"中性的"或"雌雄同体的"，用来形容那些没有明显男性或女性特征的人、事物或概念。
② E.W. 赫尔南的"业余神偷拉菲兹"系列小说中包含了一些关于给教堂筹款的情节。在其中一部小说中，主角拉菲兹和他的朋友巴里·佩罗恩参与了一次教堂筹款晚宴，他们设法盗取了一颗非常珍贵的宝石，计划将其出售以筹集善款。

"说得对,可是,伯尼,我并不想骗你养猫。"

"你当然想。"

"不,我没有。我只是想让你和猫尽快建立联结,让你们俩有个美好的开始。我知道你一旦了解了拉菲兹,就一定会喜欢它。只要能帮助你迈出第一步,哪怕稍稍采取一些手段,我也愿意为你尝试……"

"比如撒一个弥天大谎?"

"出于正当理由。我把你的利益放在第一位,伯尼,你的和猫的。"

"还有你自己的。"

"嗯,是的,"她露出了一个迷人的微笑,说,"但问题都解决了,不是吗?你必须承认,一切都解决了。"

"咱们走着瞧吧。"我说。

银幕上的贼

如果说我的工作对电影业有什么持久的影响，那就是成为"不可能卡司"的典范。

"太疯狂了。"听说吉娃娃犬要出演《狂犬惊魂》①后，有人这么说。

"那么，乌比·戈德堡②扮演雅贼中的伯尼·罗登巴尔又如何？"

嗯，至少我不是这么理解这个角色的。

我的朋友唐纳德·维斯雷克写了一系列关于一位名叫帕克的罪犯的书，都是一些精彩的故事。多年来，其中一些故事被搬上了银幕。扮演帕克的前三位演员分别是安娜·卡琳娜、李·马文和詹姆斯·布朗。"罪犯帕克已经被一位白人、一位黑人和一位女士扮演过，"一位朋友告诉唐，"我觉得你的角

---

① 《狂犬惊魂》（Cujo）是一部一九八三年上映的电影，改编自美国作家斯蒂芬·金于一九八一年发表的一部恐怖小说，讲述了一只感染狂犬病的圣伯纳犬对一家人的威胁。
② 乌比·戈德堡（Whoopi Goldberg, 1955–），美国黑人女演员，主要作品有《修女也疯狂》等。

色缺乏特点。"

得出这个观察结论的朋友，是一名叫乔·戈德堡的作家。与乌比·戈德堡无关。

奇怪的是，当我第一次写罗登巴尔夫人的儿子伯尼时，我住在好莱坞。那是一九七六年初，我住在高地大道上的魔术城堡酒店的一居室公寓，位于拉布里亚和富兰克林之间。酒店之所以有这个奇妙的名字，是因为魔术城堡就位于北边的山上，那是一个专为魔术师设立的私人俱乐部。几年前，我曾经在一位朋友的陪同下去过一次，我们坐在一个桌子旁，一位烂醉如泥的魔术师正在炫耀黑魔法扑克牌绝活儿。"我敢打赌，你们从来没见过这个。"在某个时刻，他突然这么说，然后面不改色地吐了一桌子，我非常羡慕他当时的冷静。

我身无分文，没有钱，也没有前途。从大学开始，我一直以写作为生。实际上我是为写一些杂志小说和平装本小说而辍学。如今我已经三十八岁，写了几本经纪人卖不出去的小说，还有几本写不下去的书。三年前，我和妻子离婚了，需要支付赡养费和抚养费。我找不到工作，主要是根本找不到可以去申请的工作。"招聘马粪清洁工"，我看到一条招聘广告，心想自己可以试试，再往下看，"要求有工作经验"，这就让我崩溃了。我能想象面试的情景，"去他妈的，"雇主一看到我就会生气,"你这个浑蛋,一看就是这辈子从来没有扫过马粪。"

实际上,我确实申请了一份工作。前年夏天,我离开了纽约,之前发生了一些事情。往事不可追,我告诉自己,人挪活树挪死,然后开着生锈的福特旅行车沿着海岸线开到了佛罗里达,然后穿越到洛杉矶。H.L.门肯①曾表示,某种神奇力量似乎一手握住了缅因州,顺着东海岸抬抬手,把所有废物都抖落到南加利福尼亚了。

我花了六七个月才到达那里。我在各地停留,进行了一些毫无目的的写作,等着事情变好。我在南卡罗来纳州查尔斯顿住了一个月左右,住在一家叫作"房间"的旅馆,反正招牌上就是这么写的。离"房间"几个街区远的地方,有一家鞋店,有一天下午,我在窗户上看到一则广告,上面写着招一名学徒。

我进去和那个人聊了一会儿。我不记得他问了我什么,但他的问题应该不会很深入。我怀疑他甚至都没有注意我有没有鞋穿。

但我记得最后一个问题。"我想知道,"他说,"你会留下来吗?我最不想干的事,就是花几个月培训一个人,当他

---

①亨利·路易斯·门肯(Henry Louis Mencken,1880—1956),二十世纪美国著名记者、作家和文化评论家。他以尖锐的洞察力和风趣的写作风格而闻名,被认为是美国文学史上最有影响力的文化批评家之一。

好不容易开始对我有点用的时候，就走了。所以，你会留下吗？"

我只需要说"是"，这份工作就到手了。但我做不到。我承认，我可能待几周就离开。

"好吧，感谢你的诚实，"他说，"只是很可惜，我看人的眼光很准，我觉得你有成为一个好鞋匠的潜质。"

在魔术城堡酒店的时候，我突然意识到，我在怀疑自己是不是错过了一生中的重大机会。本来我可以成为一个鞋匠，说不定还是个好鞋匠。也许未必，毕竟我唯一擅长的工具就是史密斯·科罗纳打字机，但是我为什么要质疑一个看人眼光很准的老师傅呢？想象一下我放下手中的打字机，在"房间"旅馆安家落户。虽然我们还没有谈到薪水问题，不过，我住在"房间"的房费每周只有二十美元，我相信自己肯定能谈到一个月的租金。

言辞笔下，唯有此句最令人忧伤：本可如此，无奈当初……

无所谓了。

* * *

创意从何而来？这个问题很美好，偶尔我也能找到答案。

正如之前提到的，我住在魔术城堡酒店。房租，包括每天的服务员清洁费用，每个月要三百二十五美元。如今，猫途鹰上面这家酒店一晚的价格是二百五十九美元。虽然涨价了，不过好歹还能找到这个地方。最近到访查尔斯顿时，我发现"房间"旅馆的旧址现在变成了一片空地。真是想不通，在城市保护主义的圣地，这种"历史遗迹"居然没了。

我当时的住处很舒适，我真正需要的只是一个收入来源。我手头有足够的现金支付下一个月或两个月的房租，但这也不是长久之计。既然连我能申请的工作都没有，那么我能找到工作的可能性也非常小。

有一个小声音说，不要排除犯罪。

嗯？

那个声音继续说，拿把手枪走进杂货店，没人会问你以前有没有过这种工作经验。

我明白这个意思，但这个念头令我感到不安。我没有手枪，也不知道从哪儿能弄到一把，况且要怎么找到一家没人能认出我的卖酒的商店？是的，必须有相关工作经验才能扫马粪，但是犯罪可以轻松绕过求职之路上的"经验"绊脚石。从性格上分析，我实在不适合从事可能涉及对他人产生暴力威胁的工作，更糟糕的是，我可能会先伤害了自己。

盗窃，那个声音说。可能这次是别处来的声音。也可能这次实际上是我的声音。

一个贼可以独自工作，避免与人接触，事实上，贼的工作要求正是如此。一个贼可以自己决定工作时间，白天或晚上，根据自己的习惯决定。

我觉得这与靠写作谋生并没有太大不同。更好的地方在于，当贼完成了一项工作后，不必等着那些穿西装的笨蛋在工作成果上写批注。

不足之处就是，你可能会被逮捕……

我打消了这个念头。我不是罪犯，天哪。除了有一次我从床垫底部把"不得拆除此标签"的标签拆了，我一直过着遵纪守法的生活。

你从中得到了什么呢？

那个声音又来了。噢，去死吧，我想。然后，我开始自行研究溜门撬锁艺术。具体来说，我试着用信用卡打开酒店的房门。我估计自己是在模仿"赛璐珞[①]"开锁法。在信用卡出现之前，非法入侵者通常使用赛璐珞这类薄片物品撬锁。我的美国运通卡不是赛璐珞做的，而是由某一种塑料材质，所以我用的也不是传统撬锁手法，上一次尝试，信用卡直接被弹了出来。不过，我还真用信用卡打开了酒店房门，但这可能跟我的开锁水平没什么关系。说实话，魔术城堡酒店的

---

①赛璐珞（Celluloid），塑料所用的旧有商标名称，是商业上最早生产的合成塑料。

房门并不是高科技安保的典范。

然而，我有种感觉，我有足够的智慧溜进一所房子。我会先按门铃，确保没人在家，然后找到进入房间的办法。进门后，我会迅速行动，只取现金和珠宝，小心翼翼，不留下蛛丝马迹。然后，我会迅速离开，立刻返回自己的酒店，即便忘了带钥匙，我还能用信用卡撬开门回房。

当然，除非我触发了某种无声警报，让警察在行动中把我逮住。

那又如何？

那又如何？什么叫"那又如何"？

如果警察抓住你，他们就得养活你。认真考虑一下，好吗？你一直过着合法的生活。你可以认罪，向法庭求情。你是一名作家，可以说自己在进行一项研究，结果失控了。你这是初犯，他们不知道你撕掉床垫标签的事情，所以你可能会被判缓刑。而且，谁知道呢？也许这可以成为你的写作素材。

哦，我想到了。然后我去做了一个三明治，吃到第三口的时候，又冒出了另一个念头。

假如我溜进某个人的卧室里，正在翻梳妆台抽屉时，警察突然冲进来了。然后，假如我举起双手，把珠宝扔在地上，老老实实地等着警察逮捕自己，绝对不给他们添麻烦。按理说，其中一位警察会给我戴上手铐，另一位负责搜查房间，然后……

然后，假设他们在另一个房间里找到一具尸体，怎么样？

哦，这个声音说。

哦？你就没有别的想法？"哦"就完了？

这将是个麻烦。

麻烦？麻烦？你什么也不懂。

那将是一本书。

这就是它将成为的样子，而且也确实成了一本书。在这灵光乍现的几天，我坐在厨房的桌子前开始写作。一周内，我就写完了三四章，还附上了几段大纲，洋洋洒洒地解释了伯尼·罗登巴尔将如何摆脱警察，找到真凶，并赢得女孩的芳心——如果他能遇到女孩的话。我给这个故事起了个名字——《别无选择的贼》(Burglars Can't Be Choosers)，并将它打包寄给了我的经纪人。我的经纪人立刻把它送到了兰登书屋，他们买下了这本书。

就是这样。

我的女儿们坐飞机来找我过暑假。七月份，她们和我一起住在魔术城堡酒店，到了八月，我们驾车去东部旅行。七月份，我往下写了写，八月则完全没动笔。我把孩子们送到她们的妈妈在纽约的家之后，在南卡罗来纳州格林维尔的一个汽车旅馆里写完了这本书。

兰登书屋很喜欢它,一九七七年将它出版。彼时,我已经重新回到纽约,住在格林威治村的一间公寓里,正在写第二本关于伯尼的书。

所以,你可以说是那位虚构的家伙拯救了我,让我免于走上犯罪之路。

写这本书时,奇怪的事情发生了。伯尼的故事变得幽默起来。

其实,这并不在我一开始的计划之中。起初,这只是源自我的一些犯罪幻想:当一个人犯下一项罪行后,又被指控犯有更严重的罪行。事实上,我想象这些情节会发生在自己身上,这并没有什么幽默之处。

但是伯尼,他拎着布鲁明戴尔百货公司的购物袋,伪装成有钱人,骗过了上东区公寓的门卫,活泼、时髦、故作姿态。当他逃跑的时候,警察紧随其后,门卫下意识地帮他拉开公寓大门,他竟然不忘大喊一声:"圣诞节我会好好感谢您!"

我在心里嘀咕,这个故事不应该这么搞笑。稍后我得把这部分改一改。

就让伯尼做他自己,那个声音说,你这个笨蛋。

一九八五年，我和妻子搬到了佛罗里达的福特迈尔斯海滩，好莱坞在那个时候开始对伯尼·罗登巴尔产生兴趣。那时我已经出版了五本关于他的书，其中四本是由兰登书屋出版的，第五本是由安伯书屋出版的。在第二本书《衣柜里的贼》中，他是一个普通的都市孤独男子，只不过碰巧是个贼，在帮助他的牙医做非法的事时陷入麻烦。在第三本书《喜欢引用吉卜林的贼》中，这个系列确立了自己的定位：伯尼成了格林威治村一家二手书店的老板，他最好的朋友是卡洛琳·凯瑟，是一位在宠物美容店上班的女同性恋，宠物店离他的书店只隔着两家店。这家书店和他最好的朋友继续在接下来的两本书《研究斯宾诺莎的贼》和《像蒙德里安一样作画的贼》中发挥着重要作用。实际上，从我一九九四年恢复创作以后，他们俩在六部作品中都占据着重要地位。

但在一九八五年，只有前五本书，然后有了拍摄《衣柜里的贼》的机会[①]。我当时在佛罗里达，我的经纪人在纽约，好莱坞在好莱坞，所以我对于正在发生的事，只有一个模糊的概念。我听到了很多主角的候选演员名字，其中可能性最大的是布鲁斯·威利斯，他刚刚与斯碧尔·谢波德共同出演了热门电视剧《蓝色月光》。在布鲁斯通过"虎胆龙威"系列把自己

[①] 根据此书改编的电影 *Burglar*，于一九八七年上映，中文译名为《妙贼追凶》。

塑造成坚强老练的动作片英雄之前,他的银幕形象颇为机智风趣,因此成为饰演伯尼·罗登巴尔这个角色的最佳人选。

乌比·戈德堡可以出演他最好的朋友,卡洛琳。

我不知道他们是否会保留卡洛琳作为女同性恋的人物设定。我猜,有人可能意识到她的非裔美国人背景,会限制她与伯尼的关系,让他俩擦不出火花来,谁知道呢?然而,这并不重要,因为在准备拍摄的最后阶段,布鲁斯·威利斯离开了剧组。

我不知道究竟发生了什么。也许布鲁斯不满意他们提供的条件,也许他看了剧本以后,突然后悔了。或者,也许负责决定演员的人不喜欢他,或者不喜欢他的态度,或者不喜欢他梳头发的方式。

谁知道呢?做生意,谈不拢很正常。那又怎样呢?每个人都会死,但不是每个人都需要验尸。生活还会继续。电影也会继续。这部电影需要另外找人来扮演主角。

"他们决定用乌比。"我的经纪人告诉我,"不,不是演卡洛琳,她演伯尼。"

我听说,这是她自己的主意。"我可以演。"她说。

当时,她手握多部电影合同,他们需要在《东西战争》拍完之后,迅速安排她进组。他们已经有了剧本,至少准备得差不多了,所以只需要对角色进行一次变性手术就行了。

我当时在佛罗里达。我们在海滩上有一座大房子。第一天，我走到沙滩上，往右拐，走了半个小时，然后转身走回来。第二天，我改变方向，向左拐，走了半个小时，然后又转身走回来。到了第三天，我不知道该干什么。

我想到了唐纳德·维斯雷克和他的角色帕克。也许，伯尼也缺乏清晰的特点。我能做些什么？这有什么关系？反正这部电影永远拍不出来。

没想到，拍出来了。

我只在曼哈顿市中心的一家电影院试映的时候看过一次。我不喜欢这部电影，但这似乎并不重要。反正，只要观众喜欢，电影票房大卖，引起舆论关注，引导人们去争相购买原著小说，我的愿望就实现了。

在电影播放时，我感觉还挺有希望的。观众席传出了笑声，这对于一部喜剧来说是件好事。上次我看电影版《八百万种死法》时，也有人笑，那可就不是什么好事了，毕竟它怎么看也不是喜剧，那是根据我的小说《八百万种死法》改编的电影。片方用罗马数字替代了"八百万"的写法，也不知道是不是为了削减成本。无所谓。

片尾出现滚动字幕的时候，我们十多个人从座位上站起来向出口走去，边走边畅想这部电影爆火的场景。然而，刚走到大厅，我们的希望就破灭了。刚才和我们一起看电影的陌生人讨论着:"这片子不怎么样,你觉得呢?"

几周后,我的文学经纪人诺克斯·伯格乘飞机出差,飞机上播放的正是那部电影。诺克斯看过试映,所以就没再关注电影本身,而是仔细观察了邻座的反应。那位三十多岁的工商管理硕士整场电影笑个不停,当他摘下耳机,调直座椅靠背以后,诺克斯问他是否喜欢这部电影。

"不怎么样。"那人说。

诺克斯一头雾水,指出他看电影的时候一直在笑。

"噢,是有一些笑点,"那人承认道,"能逗人笑。不过,从头到尾,你都知道自己看的是一部烂片。"

最简单的做法,就是责怪乌比·戈德堡演得不好。

但我没有,我也绝对不会这么做。她在一部剧本糟糕、注定失败的电影中扮演了一个设计欠妥的角色。相反,我一直觉得她已经使出浑身解数,力挽狂澜了。再讲一个秘密:我只看了一遍"雅贼"的电影,就得出了这些结论,一遍已经足够了。《八百万种死法》我不小心看了两遍,第二遍是在一个超现实的下午看的。当时,我和林恩正在徒步旅行,准备穿越西班牙北部前往圣地亚哥·德·孔波斯特拉。当天的行程结束以后,我们在纳瓦拉的某家酒店大堂吧休息。我们累得瘫在沙发上,服务员端来芝士三明治和咖啡,当我们抬头看到电视里出现杰夫·布里吉斯①和安迪·加西亚②的画面，他们的声音被配成西班牙语，我们俩半天才确定自己没有产生幻觉。

影评人不喜欢《妙贼追凶》。罗杰·伊伯特说："好莱坞是否认为乌比·戈德堡最近才从另一个星球来到地球？他们是否认为她周围有一层无形的保护罩，就像牙膏广告里被保护的牙齿一样？他们是否给她机会展示热情、活力和充满魅力的一面？当然，她的外表具有喜感，但为什么电影里总是让她装疯卖傻？为什么电影里不允许她做一个正常人？为什么她总是被包装成像是一个来自X星球的怪人？《妙贼追凶》让这些问题浮出水面。这是一部毫无创意的平庸之作，以错误的方式包装戈德堡。她是一位充满才华、富有创造力的女性。她与喜剧电影是天作之合，让她出演无脑的流水线犯罪片，简直是一种罪过。"

所以，我不怪乌比，也不怪别人让她出演这个角色。虽然我想象中的伯尼既不是黑人也不是女性，但是那又如何？我必须说服自己，电影制片人的首要目标并不是将作者的构

---

①杰夫·布里吉斯（Jeff Bridges, 1949—），在电影版《八百万种死法》中饰演马修·斯卡德。
②安迪·加西亚（Andy Garcia, 1956—），在电影版《八百万种死法》中饰演毒贩安吉尔·莫尔多纳多。

想搬上银幕。书迷可能确实更希望电影主角接近他们心目中伯尼的形象，但是如果这部电影只能吸引书迷，即便他们都买票去看，多看几遍，也不足以带来让片方满意的票房，让电影实现盈利。所以，《妙贼追凶》的电影目标受众，数量必须比书多，也就是说，必须把《妙贼追凶》的电影票卖给第一次见到伯尼·罗登巴尔的人。

我可以指出电影让我不满意的地方，比如编剧和导演；就事论事，别人也会指出其他问题。我个人不喜欢博卡·格德斯维特的表演，他模仿神经衰弱的样子让我觉得尴尬。但他并没有毁掉这部电影。即使让其他演员扮演卡洛琳，这部电影也照样会失败。

那怪谁呢？

我该死的经纪人。

我不是为了电影而怪他。我不后悔改编电影。为什么要后悔？拍电影能帮我还房贷，就是我之前提到的那座位于佛罗里达海滩旁的房子。我还记得还清贷款的那天，我们特别开心。不过，几年后我们卖掉房子并搬回纽约的时候，更开心。

《妙贼追凶》这部电影并没有真正带动图书大卖。一九九四年，我开始写有关伯尼的新故事，宣传《交易泰德·威廉姆斯的贼》的时候，电影给了我不少谈资。几乎每次做活动，总会有人提到这部电影。

几乎每年都有人想再拍一部伯尼·罗登巴尔的电影，启用的卡司也更加传统。可是，诺克斯·伯格当年没有与电影代理合作，而是自己直接谈判，把包括《衣柜里的贼》在内的所有"雅贼"系列图书的电影改编权都转让出去了。我的现任好莱坞经纪人为了帮伯尼找条出路，翻阅了我签的合同，然后说这是他见过的最糟糕的合同。如果有人想制作一部关于伯尼的电影，他们必须获得华纳的批准。祝他好运。

噢，过去的就让它过去吧。诺克斯如今已经去世，我喜欢他，从很多方面来看，他是一位出色的经纪人。而且，逝者为尊[1]，既往不咎，是不是？

随着时间的推移，我发现自己不愿意评论任何电影。我想起了约翰逊博士[2]，他将女性传道士比作用后腿走路的狗。他和鲍斯韦尔[3]说过，虽然做得不好，但能做到就让人很吃惊了。

这部电影能拍出来已属意外。如果再提出批评就……显得似乎有些苛刻。

---

[1] 原文"de mortuis"来源于拉丁短语"De mortuis nil nisi bonum"，可直译为"对于死者，只说好话"。
[2] 塞缪尔·约翰逊（Samuel Johnson，1709—1784），常被称为约翰逊博士，英国文学史上重要的诗人、散文家。
[3] 詹姆斯·鲍斯韦尔（James Boswell，1740—1795），苏格兰生物学家和文学评论家，最著名的作品是《塞缪尔·约翰逊传》。

贼的未来

我原以为自己只是出去走走,给运动记录器"Fitbit"刷一刷数据。但是怪得很,我的脚似乎有自己的主意,没多久就把我带到了大学路和百老汇之间的东十一街。

一只没有尾巴的猫躺在巴尼嘉书店的橱窗里,悠闲地晒太阳。我开门的时候,它几乎动都没动。而我最喜欢的店主则坐在柜台后的凳子上,埋头读着手中的一本书。他抬起头,说:"哦,原来是你。"然后继续看书。

"没错,是我。"我回应道。

我环顾四周,不难发现,如果不把书架上成百上千位已故作家的灵魂都算上,这屋子里除了店主、他的猫和我之外,就没有别人了。我对店主说:"见到你真是太好了,生意怎么样?"

"别问。"

"好吧。"

他叹了口气,然后回答了我刚刚撤回的问题。

"生意,"他说,"根本就没有。书店已经基本歇业了。你知道我在门口摆了一张特价书桌吧?"

"我知道有东西不见了,"我回答,"怎么?难道有人把它偷走了?"

"要是那样就好了,"他略带伤感地说,"偷书贼如今可不多见。我每天早上把特价书搬出去,晚上再原封不动搬回来,真是折腾够了。而且,人们在线下书店里看到一本书,翻了一遍,最后却回家在网上下单。"

"哦,原来是这样。"

他说:"这个世界变了。"

"我当初买下巴尼嘉书店时,书店生意已经显得过时了。尽管如此,那个时候人们确实有阅读的习惯,会收藏首印版,收集自己喜欢的作家的整套书。如今,网飞电视剧吸引了人们的注意力。而且,无论什么书,人们都在电子阅读器或者平板电脑上看。即便有人仍然坚持收藏纸质书,也犯不着大费周章地跑到破旧的书店来。只需五分钟,你就能在网上找到任何想要的书,那么谁还会来店里一边淘旧书,一边当人肉吸尘器呢?"

"听你这么说,是挺糟糕的。"

"不,"他说,"只是变了而已。除非你也有一家巴尼嘉书店,那么日子显然不会好过。"

"哦,是吗?"

他点了点头,说:"趁早关门大吉。我本来也没指望从这家书店赚钱。只要能收支平衡,或者别亏太多,那么我就能安心在这个地方消磨时间,组织诗歌朗诵会,还有……"

"约会?"

"我确实遇到了一些女孩,"他坦白道,"有时候是好事,有时候则不是,就像生活本身。不过,拥有这家书店还有另一个好处。我还有其他职业。"

"窃贼。"

他点了点头,"没错,我用夜班工作赚够了钱,足够弥补白班的损失。但现在整个地球都安装了闭路电视,到处都有监控摄像头,有些地方你都想不到。哎,别再想了。现在在哪儿都找不到现金。如果偷完东西却无法顺利找到买家,那么,当贼比当书店老板更没有意义。我的双重身份,一种合法,一种非法,都被迅猛发展的科技淘汰了。"

"你听起来好像准备关掉书店了。"

他看着我。"然后我去干什么?现在这里房租飞涨,要不是我买下了这幢楼,二十年前就得卷铺盖走人。靠着出租楼上的公寓,我才能让肉体和灵魂都继续待在这里。如果我稍微有点儿脑子,就应该关了这个败家书店,把那堆该死的书都扔到垃圾场,然后把店面租给一家连锁药店或者精品店。你知道能租多少钱吗?"

"我猜应该不是小数。"

"顺着这个思路,"他说,"我其实还可以卖掉整幢大楼,卖个几百万美元,然后退休,找个地方养老。但你知道问题出在哪儿,对吧?"

"你还太年轻,不合适退休。"

他瞪着我。"而且,我永远都会这么年轻。"他说,"多亏了你这个混蛋。一九七七年那会儿,我差不多三十五岁。现在已经二〇一九年了,对吧?"

"上次我看的时候还是。"

"我还是三十五岁。你写的其他角色都随着真实时间慢慢变老,比如该死的马修·斯卡德,每年都老一岁。可是我,每年都一样,就像定格在时间里。"

"卡洛琳也一样。"

"哦,那我得好好谢谢你。她不变,猫也不变。拉菲兹从一九九四年开始上班,那是二十五年前,对吧?那时它大概一两岁。所以,现在它得有二十六或二十七岁。你知道这在狗龄里是多大吗?"

"狗龄?"

"你明白我的意思。它快跟莉莉安·杰克逊·布劳恩[①]写的那些猫侦探一样老了,它们其中一只叫Koko,另一只叫别的名字。"

[①]莉莉安·杰克逊·布劳恩(Lilian Jackson Braun, 1923—2011),美国作家,侦探小说家,最著名的系列作品是"The Cat Who...",主角是一名记者和他的两只猫(Koko and Yum Yum)。

"我可能分不清谁是谁。"

他瞥了我一眼。"现在拉菲兹变成了一只长生不老的猫。"

"这……"

"没关系,"他说,"我不会卖掉这幢楼,不会关掉书店,也不会搬家。我就留在这里。"

"坦白说,"我说,"我必须承认,听你这么说,我就放心了。你知道吗,别人总和我问起关于你的事情。"

他翻了个白眼。"别人一直在问你什么时候再写一本关于我的书,对吗?"

"总有人问。"

"告诉他们,"他说,"永远不会写。"

"好像太绝对了。"

"正好。"

"他们一直给我提建议,"我说,"建议你要偷什么。前几天,一个人写信告诉我,他的女朋友是位小提琴手,有机会用一把斯特拉迪瓦里①或者别的大师制作的价值连城的小提琴演奏。这让他想起了凯蒂·黄②,然后他建议我去找找有没有值钱的长笛,或者其他类似的东西,可以让你去偷。"

"凯蒂·黄。"他说。

---

①斯特拉迪瓦里(Antonio Stradivari, 1644—1737),意大利著名提琴制作师。
②凯蒂·黄(Katie Huang),劳伦斯·布洛克的作品 *The Burglar Who Met Fredric Brown* (2022) 中的角色。

"就是在双人行餐厅工作的中国台湾长笛演奏家。"

"我知道她是谁，"他说，"最近没怎么见过她。而且，那家餐馆换了老板，'台中双人行'现在变成了'杜尚别双人行'，跑到塔吉克斯坦去了。"

"哦。"

"虽然这不是一个糟糕的建议，但你我心里清楚，偷什么东西并不是书的重点。因为偷东西引起的麻烦，才是关键。"

"我同意。"

"还有一个人给我发邮件，说他前几天不小心走进了一栋戒备森严的建筑。他一直是遵纪守法的公民，在街上捡了很多垃圾，找不到垃圾桶，于是他走到一栋建筑入口，问门卫在哪里能找到垃圾桶，门卫没注意到他，有个内部人员看见他手里拿着东西，就为他拉开了门，然后，他发现自己不知不觉地走进了这栋神秘建筑。"

他看起来仿佛有些感兴趣。"然后他偷了什么？"他想知道。

"什么也没偷。"

"什么都没偷？"

"他找到垃圾桶，把手里的东西扔掉，然后转身走了。"

"这个故事太有意思了，"他说，"可以登上媒体头条！"

"嗯，他觉得很有趣。如今到处都是监控摄像头，发生了这种事，我倒也觉得挺有意思。"

"你想写一个关于他的故事吗？"

"啊,不。"我实话实说。

"那你有没有真正想写的故事?有吗?"

"嗯……"

"假如我还愿意冒险,假如我的心理年龄和生理年龄都一样年轻,假如咱们俩灵光一现,想出来一个新东西,一个你以前没有写过的东西,真正好的东西。"

我等着。

"和我说实话,"他说,"你会写吗?"

"我应该不会。"

"因为在现实世界,你已经老了。"他说。

我点了点头。"这是我犯过最大的错误。"

"的确是个麻烦,但我告诉你,冻龄也不是什么好事。如果你觉得我现在退休太早,那么,我觉得你退休太晚了。我看过你的最新中篇小说,马修·斯卡德和你一样老。"

"*A Time to Scatter Stones*.[①]"

"中篇小说,而不是长篇小说。我猜你们俩都没有精力完成一部长篇了。我喜欢这个故事,但感觉像是告别之作。"

"可能吧。"

"而且你还做了精选集。我读了其中一本,评价很好。"

"我找到了优秀的作家,"我说,"不给他们找麻烦。"

[①] *A Time to Scatter Stones*,二〇一九年出版的"马修·斯卡德"系列作品,中文繁体版书名译作《聚散有时》。

"你还会继续做吗？"

"我不知道，"我承认，"太费事了。我开始觉得差不多就可以了。"

"好吧。你平时在做什么？"

我耸了耸肩。"多走路，让运动软件的数据好看一些；和我的太太待在一起，看看电视，偶尔旅游。你呢？"

"我就坐在这里，"他说，"有看不完的书。工作日和卡洛琳一起吃午饭，下班去酒吧喝一杯。只要楼上的房客继续支付租金，即使没有人来店里买书，我也能把书店经营下去。"

"我很欣慰，"我告诉他，"这个地方适合你。"

"我觉得也是。"

"我也喜欢有这么一个地方，可以偶尔过来看看，陪你聊聊。我喜欢和你聊天。"

"随时欢迎，"他说，"上帝知道我哪儿也不去。"

THE BURGLAR IN SHORT ORDER
Copyright © 2020 by Lawrence Block
Published by agreement with Baror International, Inc., Armonk, New York, U.S.A. through the Grayhawk Agency Ltd.
Simplified Chinese edition copyright: 2025 New Star Press Co., Ltd.
All rights reserved.

图书在版编目（CIP）数据

不说告别的贼 /（美）劳伦斯·布洛克著；郭朝伟译. -- 北京：新星出版社，2025.3. -- ISBN 978-7-5133-5791-3

Ⅰ. I712.45

中国国家版本馆 CIP 数据核字第 2024YM1053 号

午夜文库
谢刚 主持

不说告别的贼

[美] 劳伦斯·布洛克 著；郭朝伟 译

责任编辑　王　欢　刘　琦
责任校对　刘　义
责任印制　李珊珊
装帧设计　人马艺术设计·储平

出 版 人　马汝军
出版发行　新星出版社
　　　　　（北京市西城区车公庄大街丙 3 号楼 8001　100044）
网　　址　www.newstarpress.com
法律顾问　北京市岳成律师事务所
印　　刷　大厂回族自治县彩虹印刷有限公司
开　　本　910mm×1230mm　1/32
印　　张　6.25
字　　数　107 千字
版　　次　2025 年 3 月第 1 版　　2025 年 3 月第 1 次印刷
书　　号　ISBN 978-7-5133-5791-3
定　　价　48.00 元

版权专有，侵权必究。如有印装错误，请与出版社联系。
总机：010-88310888　　传真：010-65270449　　销售中心：010-88310811